放逐された転生貴族は、自由にやらせてもらいます 3

Nagao Takao
[著] 長尾隆生 [ill.] ヨヨギ

トーア
日本で暮らしていた記憶を
持つ転生者。実家の貴族家を
放逐されたものの、
辺境の砦で鍛え上げた力で
冒険者になる。
チェキ
犬猿の仲と
言われているエルフと
ドワーフの血を引く、
亡国の生き残りの少女。
グラッサ
ニッカの親友で、
彼女を冒険者に
誘った少女。とても珍しい
複製《デュプリケイト》魔法を使える。
ニッカ
王都でトーアと
出会った冒険者。
再生《リザレクション》魔法という珍しい
魔法の使い手で、
トーアと行動を
共にすることに。

登場人物紹介
レントレット
トーアの師匠の一人。
トーアからは密かに
ハーブエルフと
呼ばれる薬師。
ラステル
魔王への
謁見に訪れた、
エルフ族の大使。
リッシュ
トーアの師匠の一人。
トーアに盾術を
教え込んだ
温厚なドワーフ。
ファウラ
魔王城の前で
トーアたちが出会った、
魔王専属侍女を名乗る少女。
自身の姿を消す力を持つ。

◆序章◆

俺、山崎翔亜《やまざきとあ》はある日、プレアソール王国という国の貴族家の次男、トーア・カシートとして、異世界に転生した。

貴族の子息ならば悠々自適《ゆうゆうじてき》な生活が送れると思ったのだが——落ちこぼれだった俺は八歳にして、とある辺境の砦《とりで》に、修業の名目で送られることになる。隣接する森から絶えず魔物が押し寄せる危険な環境に置かれた俺は、猛者《もさ》たちに鍛《きた》えられながら、死に物狂いで何とか生き残る日々を過ごした。

そして十年後、十八歳になった俺は父の死をきっかけに王都に呼び戻されるが、当主を継いだ兄、グラースから、勘当《かんどう》を言い渡されてしまう。

貴族の身分を捨て冒険者になった俺は、同じく冒険者になったばかりのニッカとグラッサという少女たちと知り合い、トラブルに巻き込まれつつも行動を共にするようになった。

王都を出た俺たちは順調に旅を続けていたが、とある街で事件に巻き込まれ、誘拐されたチェキという冒険者を追うことになる。

チェキの行方を追う途中に出会った獣人ヴェッツォの力を借りつつドワーフの王国に潜入した俺たち。

そこでチェキがドワーフとエルフのハーフだということと、ルチマダという次期国王候補の一人の正体が、ドワーフ国を崩壊させようと忍び込んだ魔族であることが判明する。

激闘の末、俺たちはルチマダを倒し、ドワーフ王国に平和が訪れた。

その後、今回の事件の顛末《てんまつ》を魔族の国であるヴォルガ帝国へ報告し、ドワーフと魔族、そしてエルフとの話し合いをすべく、ドワーフとエルフの血を引くチェキが全権大使として交渉団と共に帝国へ向かうことが決まった。

しかし同行することに決めた俺たちと共にドワーフ王国を出発しようとしたそのとき——魔族の王である魔王の訃報《ふほう》が飛び込んできた。

そうして俺たちは、その真偽も確かめるべくヴォルガ帝国に向かったのだった。


途中、いくつかの町を経由して俺たちはヴォルガ帝国の帝都カーザリアにたどり着いた。

カーザリアの大通りは、プレアソールの王都以上に人と活気に溢《あふ》れていた。

その中を俺たちは宿を探しながら、お上《のぼ》りさんのようにキョロキョロしながら歩いている。

このヴォルガ帝国は、魔族が治める国である。

人間族や獣人族、ドワーフ族やエルフ族などと違い、魔族という種族は厳密に定義されたものではない。

なぜなら魔族と呼ばれる彼らは、全員が同じ種族と言うには、あまりにも多様性に満ちているからである。

多様性に溢れると言えば獣人族もそうなのだが、彼らはその名の通り、獣の属性をその身に宿しており、耳や尻尾など共通する部分も多い。

しかし魔族は違う。

一括《ひとくく》りに魔族と言っても、肌の色も見かけも、その能力も様々なのだ。

人間に近い見た目の者もいれば、一見すると生き物とは思えない者もいる。

体の大きさも違い、数センチしかない種や十メートルを超える巨体の者も存在する。

中には文字通り『見えない』魔族も存在するという。

共通するのは、魔力の強い北の大地で生まれ育った種族であるということだけだ。

「……って話は聞いていたけど、実際に見てみると本当にいろんな魔族がいて驚くな」

「そうですね」

「でもさ、思ったより魔族以外の種族を見かけないね」

「たしかどんな種族でも受け入れる国だって話でしたよね」

たしかにこの国では俺たちのような他種族の姿はあまり見かけない。

見かけても冒険者か商人がほとんどだ。

魔王が魔族を統一し、帝国を作り上げて他種族との交流を推進し始めるまで、強い力を持つ魔族は畏怖《いふ》の対象だったと聞く。

旅人の姿がないのは、その偏見《へんけん》が未だに払拭《ふっしょく》されてはいないからだろう。

「それにしても、あたしたちだけ城に入れないって……納得出来ないよね」

「まぁ、俺たちはどこの国の代表でもない一般人だからしかたないさ」

そう、城に通されたのはニッカとドワーフ王国の一団のみで、俺たちは魔王城の入り口で入城を拒否されてしまったのである。

「ニッカもドワーフさんたちも、私たちが入れるように説得するから待っててって言ってましたし」

城の中に入ることさえ出来れば宿を探す必要はない。

しかし現状、魔王城の中では未だに混乱が収まっていないらしく、幾日《いくにち》も俺たちは城に入れない可能性もある。

一方、国民には未だに魔王崩御《ほうぎょ》の情報は伏せられていた。

おかげで帝都にはその混乱は広がっていないが、公表されれば今のようにゆっくりと宿探しなどしていられなくなるだろう。

「とりあえず、今のうちに宿は探しておかなきゃな」

俺はそう言って二人と共に宿を求めて街中を歩き出したのだった。

◆　◇　◆　◇　◆

大陸北部、北方大地《ほっぽうだいち》と呼ばれる土地の片隅。

小規模な魔族の村でその少女は生まれた。

少女の名前はファウラ。

彼女の一族は、決して力の強い魔族ではなかった。

だが彼らは他の種族にはない特殊な能力《スキル》を持っていた。

能力《スキル》の名前は隠密《インビジブル》。

自らの姿や気配を完全に消し去ることが出来る能力《スキル》である。

彼らの能力は、個人では自分と僅《わず》かばかりの周囲にしか影響を及ぼせない。

しかし幾人《いくにん》もが集まれば、何倍にも力を増す。

彼らはその能力《スキル》を使って、自らが暮らす村をまるごと隠蔽《いんぺい》することで外敵から身を守っていた。

その能力《スキル》ゆえに、他の魔族からはインビジターと呼ばれ、同時に力こそ全てという考えの魔族たちから『臆病者《カワード》』という蔑称《べっしょう》で呼ばれることも少なくなかった。

強い魔物が蔓延《はびこ》る北方大地では力こそ正義。

戦い、勝って生き延びることこそが全てだと誰もが信じていた。

だから戦わず逃げ回りながら生きるインビジターは、常に蔑《さげす》まれ馬鹿にされる対象だった。

しかし臆病《おくびょう》だからこそ、力のない種族でも生き残ることが出来ていたのもまた事実。

インビジターたちは細々とであるが、厳しい北方大地でたしかに生き続けていたのである。

彼らは基本的に長寿である。

魔物によって殺されたりしない限りは、五百年は生きることもある。

しかし長寿の種族は、繁殖力《はんしょくりょく》が弱いという共通点がある。

そんなインビジターたちにとって、ファウラは百年以上ぶりに生まれた子供であった。

彼女の生まれた村は、北方大地に聳《そび》える死の山と呼ばれる山の麓《ふもと》にひっそりと人目を忍ぶように作られていた。

村はインビジターの隠密《インビジブル》によって常に隠され、同じインビジター以外にはその存在を知るのは困難である。

その村でファウラは、唯一の子供として大事に育てられた。

貧しいながらも村人たちから愛情を一身に受けて幸せな日々を送っていた彼女だったが、そんな日々はある日終わりを迎える。

突然起こった魔物暴走《スタンピード》に、村が巻き込まれてしまったのである。

魔物暴走《スタンピード》とは、魔力濃度が高い土地で、何らかの原因により魔物が大量発生することで起こる自然現象である。

一般的に魔力濃度の薄《うす》い土地では起こらないとされているが、それでもダンジョンなど一部の場所では魔力濃度が増すため、発生することもある。

ダンジョン内での魔物の異常発生は定期的な調査によって事前に予兆が掴《つか》めるため、大規模な災害に至る前に国や冒険者ギルドによって沈静化されることがほとんどである。

しかし北方大地には、そのような組織は一切存在しない。

そのため一度魔物暴走《スタンピード》が起これば、多大な被害を及ぼすことになる。

魔物暴走《スタンピード》は何十、何百もの魔物が一斉に移動し、進む先の全てを蹂躙《じゅうりん》するところに恐ろしさがある。

更に、インビジターの村は隠密《インビジブル》で隠されていても実際に消えているわけではない。

つまり魔物暴走《スタンピード》の進路上に村があれば、見えていてもいなくても関係なく全てが押しつぶされてしまうのだ。

長い年月その場所で暮らしていたインビジターたちは、その場所はいつまでも安全なのだと勘違いをしていた。

だから魔物暴走《スタンピード》が近くまで押し寄せてくるまで、気付けなかった。

これが魔族でなければ、魔物暴走《スタンピード》が起こったことを、その進路上の仲間たちに知らせ、避難《ひなん》指示も出ていたに違いない。

だが魔族は基本的に同種族ですら仲間意識も低く、他種族の集落との交流に至ってはほとんど行《おこな》われない。

彼らは自分とその仲間たちが無事であれば、他がどうなろうが関係ないという生き方をしてきた。

それが北方大地という不毛の地で、自分の力のみを頼りに生きてきた者たちの意識だった。

魔物暴走《スタンピード》は見えない村を押しつぶし、インビジターたちを押しつぶし、そしてそのまま死の山に激突した。

そして山の側面を大きく突き崩したところで暴走した魔物たちは力尽き、暴走は止まった。

我に返った魔物たちは、激突で倒れた他の魔物の死肉を喰《く》らい尽くすと三々五々、散り散りに去っていく。

残されたのは無残な残骸《ざんがい》と成り果てた村の姿。

インビジターたちの死体も全て魔物の腹の中に収まり、血の跡を残すだけであった。

「パパ……ママ……」

いや。

崩れ去った残骸の中から小さな不安に満ちた声が上がった。

がらり。

村の残骸の一部が崩れる。

「んっ」

その声は少女のもの——村唯一の子供であったファウラの声だった。

瓦礫《がれき》の下には子供が入れるだけの小さな穴が開いていた。

そこからファウラが恐る恐る顔を出す。

彼女だけは偶然穴の中に入っていたおかげで助かった……わけではなく、魔物暴走《スタンピード》から逃げられないと悟《さと》った彼女の両親が、もし村が何者かに襲われたときに娘だけは助けようと準備していた避難用の穴に、彼女を咄嗟《とっさ》に隠したのだった。

穴から這《は》い出たファウラは、無残な村の様子に唖然《あぜん》としてしばらく動けずにいた。

だがそれも僅かの間。

彼女は自分の両親を探そうと、村の残骸の中を歩き出す。

しかし血の痕《あと》はあれど、村人の姿どころか死体すら見当たらない。

全て魔物の腹の中だと知らないファウラは、それから二日ほど両親を、村人を探し続けた。

そしてやがて彼女は魔物暴走《スタンピード》の終着点にたどり着く。

死の山の麓。

その山肌は激しく抉《えぐ》られていた。

異臭を放つ魔物の体液が一面にぶちまけられ、まるで地獄《じごく》のようだった。

どれだけ大量の魔物たちが、とんでもない勢いでこの山肌に衝突したのかが窺《うかが》い知れた。

だがそのような場所ですら魔物の死体は既に食い尽くされ、骨も残っていない。

ファウラはそれを見てやっと、自分以外の村人も、そして両親も同じように命を亡くし、魔物に喰われたことを知った。

「パパ……ママ……みんな……」

ファウラの目から、初めて涙が地面に落ちた。

次から次へと。

彼女の嗚咽《おえつ》と共に流れ落ちる涙は止まることなく、やがて喉《のど》も嗄《か》れ、体中の水分を全て流しきったと感じられるほど経った頃。彼女は自分の命を絶とうと、近くに落ちていた鋭い切っ先の石を手に取った。

これで自分の首を切れば死ねる。

そう考えた彼女は、幾度《いくど》も自分の首を刺そうとしては躊躇《ちゅうちょ》し、首筋にいくつもの傷を作った。

「次こそ……」

このままではいつまで経っても死ねない。

彼女は次こそと決意をした。

そして目を閉じ、勢いよく自らの首に突き刺そうとしたそのときだった。

ガラガラガラッ。

突然彼女の目の前で、魔物暴走《スタンピード》によって削り取られた山肌が大きく崩落《ほうらく》したのである。

驚いた彼女は思わず手にしていた石を落とし、崩落によって舞い上がった土煙《つちけむり》に目を向けた。

やがてその土煙が薄れていくと——

「なに……あれ？」

崩れ落ちた岩肌から、何かが飛び出ているのが目に入った。

いや、何かではない。

それは何者かの腕であった。

「大きい……人？」

その腕は、小柄なファウラなど簡単に握りつぶせるであろうほど大きく、彼女を乗せられるほどの手のひらからは三本の指が伸びていた。

埋まったままの体はどれほどの大きさなのか。

ファウラは想像するだけで体を震わせた。

本当なら、生き延びるために今すぐ逃げるべきだ。

彼女の本能はそう告げる。

しかし今、彼女は死ぬつもりだった。

自分で自分を殺すのは怖いが……

「そうだ。あの人に殺してもらおう」

ファウラは震える足で一歩、また一歩と巨大な手に近づく。

しかし突き出た手は一向に動く気配がない。

「もしかして死んじゃってるの？」

普通に考えれば山の中に埋まっている状況で生きているわけはない。

だけどここは魔族が住む北方大地。

魔族の中には、長期間土の中で眠る種族もいるとファウラは聞いていた。

腕はファウラが近寄ってもまったく動く気配はない。

彼女はゆっくりとその手の指に触れた。

「冷たい」

腕は硬質な外皮で覆われていて、まるで石に触っているかのように冷たかった。

もしかしてこれは噂《うわさ》に聞くゴーレムというヤツなのではなかろうか。

ゴーレムという魔物は石や土、鉱物に魔力が宿り魔物化したものだという。

だとすれば山の中から出てくるのもおかしくはない。

そんなことを考えつつ、ファウラは独《ひと》り言《ご》ちる。

「でも動かないから、やっぱり死んじゃってるのかな」

土の中で動けぬまま生まれて死んだゴーレム。

そんな悲しい想像が浮かぶ。

「苦しかったかな？　悲しかったかな？　私も今、すごく悲しいんだ」

魔物であるゴーレムにそんな感情があるかどうかはわからない。

だけど今の自分の状況をゴーレムの姿に重ね、ファウラは大きな指にすがりついて涸《か》れ果てたはずの涙をまた流した。

そんなファウラの涙が指先に落ちたときだった。

それに応えるかのように、地の底から低い音が響いてきた。

グォォォン。

その音の振動は、彼女がすがりついていた指先を伝わり、彼女の体を揺らすほど強い。

「生き返ったの？」

ゆっくりと、ファウラがしがみついていることすら気に留めず、今まで微動だにしなかった大きな三本の指が閉じていく。

慌てて指を離し地面に飛び降りた彼女は、頭上から崩れ落ちてくる瓦礫を避けるため、山肌から離れて様子を窺うことにした。

「大きい……」

崩れ落ちる山肌から腕が更に伸びて、瓦礫が舞う。

長く伸びた二本の腕。

それぞれから伸びた三つの指は、何かを掴もうとするように閉じたり開いたり何度か繰り返す。

続いて、埋もれていた体が岩を崩しながらその巨体を現した。

丸みを帯びた胴体は、ファウラの想像通り大きく立派で、頭は存在していなかった。

（あ、でも上の方に目みたいな丸いものがある……もしかして、胴体と頭が一体化してるのかな）

その頭を兼ねた胴体から、下方に向かって伸びているのは四つの足。

腕と同じくらいの太さだが、長さは半分以下しかない。

その巨大な魔物を見上げるファウラの目からは、先ほどまでの絶望の色は薄れていた。

代わりに彼女の瞳《ひとみ》に浮かぶのは、子供らしい好奇心だ。

やがてファウラは意を決して、大きな声で魔物に向かって声をかける。

「初めまして。私の名前はファウラ」

ファウラは両親に、初めての相手に挨拶《あいさつ》するときは自分から名乗るようにと躾《しつ》けられていた。

目の前の魔物に言葉が通じるかどうかはわからなかったが、彼女はその言いつけ通り行動し、そして……返事があった。

『ファウ……ラ』

村を失って以来、初めて言葉が通じる相手に出会えたことに、彼女の頬《ほお》は紅潮《こうちょう》する。

その相手から敵意が一切感じられないことに安心した彼女は、興奮気味に片手を差し伸べながら次の言葉を投げかけた。

「そう、ファウラよ。あなたの名前も教えてくれるかしら？」

少女のその問いかけに、魔物はすぐには答えなかった。

だけどその代わりに巨大な腕を彼女に向けて伸ばすと、優しくその指先を彼女が差し出した手に触れさせる。

そして魔物は答えた。

『――――』

「そう、変わった名前ね。でも私は好きよ」

それが後に魔族の統一を果たし、魔族の救世主と呼ばれる魔王と少女の出会いであった。

◆第一章◆

「……しっかし、どこもかしこも満室とか。王都でもある程度探せば空き部屋の一つくらいは見つかったのにな」

結局俺たちは、なかなか今夜の宿を見つけられないでいた。

「賑《にぎ》やかだと聞いてはいましたけど、これほどとは思いませんでした」

「魔王が死んだって聞いて、みんな集まってきてるとか？」

周りに聞こえないように小声でそんなことを口にするグラッサに、俺も同じく小さな声で答える。

「いや。魔王の訃報はまだ公にはされてないからそれはないな」

ヴォルガ帝国は、魔王という強大な実力者が一代で魔族を纏《まと》め上げて作った国だ。

その魔王が突然死んだともなれば、魔王のカリスマで纏め上げられた帝国は一気に瓦解《がかい》する恐れがある。

魔王は独身で、跡継ぎもいないと聞く。

そして後継者《こうけいしゃ》と呼べる突出したナンバーツーも存在せず、これからどうすればいいのかを城内で話し合っている最中だという。

「ルチマダがいれば、ある程度は纏められてたかもしれないけどな」

魔王の信頼を勝ち取り、独断で様々な行動が許されていたルチマダ。

やつは今のドワーフ王国を混乱に陥《おとしい》れただけではない。

チェキの生まれ故郷であるエルドワ自治区というエルフとドワーフが手を取り合おうと作り上げた国を滅ぼし、両種族を全面戦争へ導いた主犯も彼であった。

ルチマダは、彼がかつて暮らしていた村を襲い全てを奪ったドワーフとエルフに復讐《ふくしゅう》するために長い間暗躍《あんやく》していたのである。

俺たちから見れば、色々と暗躍し仲間を傷つけた許されない大罪人だが、魔族たちからは信望厚い存在だったらしい。

ヴォルガ帝国で魔王に次いで力を持っていたとも言われていて、いずれ彼が後継者になるのではないかという声もあったとか。

「だけどあいつはもういなくなったわけだし、この国もどうなっちゃうんだろうね」

グラッサはそう言って、足下に転がっていた小石を蹴《け》った。

綺麗《きれい》に放物線を描いて飛んでいった石は、そのまま無人の地面へと――

「痛っ！　誰じゃ、我に石をぶつけたのはっ！」

落ちる前に何かにぶつかって跳ね返った。

「嘘《うそ》っ、誰もいない所に蹴ったのに！」

直前まで、グラッサが石を蹴ったその場所には何もなかった。

しかし今、その誰もいなかったはずの場所に、いつの間にか小石を片手に持って反対の手で頭をさすっている幼い少女が涙目で立っていた。

「くぅ……こんな石を人にぶつけるとは許せん。たんこぶでも出来たらどうするつもりじゃ」

少女はキッと怒りに満ちた視線を俺たちに向ける。

「お主かっ！　我に石を投げたのはっ！」

「ご、ごめんね。でも投げたわけじゃないんだよ」

石を片手にズンズンと大股《おおまた》で迫り来る少女に、グラッサが謝罪する。

「誰もいないって思ったんだけど……」

「ムキーッ！　現に我がおったじゃろ！」

少女は地団駄《じだんだ》を踏《ふ》んで怒りの声を上げる。

「そもそも町中で石を蹴ったら人に当たるかもしれんということもわからんのかーっ！」

「でも、だって、さっきまで本当に誰もいなかったはずよ」

たしかに俺も見ていたが、グラッサが蹴った先には誰もいなかった。

……はずだ。

グラッサが地面に転がった小さな石ころを蹴り上げる見事なフォームを見て「女子サッカー代表選手になれる逸材だ」とか思わず呟いてしまうほどには見ていた。

そして確実に、彼女が蹴った石が飛んだ先には石畳《いしだたみ》しかなかったはずなのだ。

だがしかし、現に目の前に少女が涙目で立っている。

となると、答えは一つ。

「もしかして君、姿を消していたのか？」

魔族は多種多様。そしてその能力も多種多様だ。

そう考えれば、姿を消せる能力を持っている魔族がいても不思議ではない。

「なっ⁉」

そんな何気ない俺の質問を聞いた途端、額に怒りマークを浮かべていた少女の足がピタリと止まった。

それどころか顔色を一瞬で青ざめさせ、ゆっくりと後ずさりを始める。

「な、な、な、なんのことか我にはさっぱりじゃが？」

あからさまに挙動不審となった少女は、そう言ってくるりと俺たちに背を向ける。

「きょ、今日のところはこれくらいで許しておいてやるのじゃー‼」

そしてそんな三下悪役のような捨て台詞を残し、突然走って逃げ出した。

街の雑踏の中、すぐにその小さな背中は人混みで見えなくなってしまう。

俺たちは魔族少女の突然の反応に唖然としつつ、見送るしか出来なかった。

「……魔族に能力を聞くのはタブーとか、そういうルールでもあるのか？」

俺は傍らのニッカに尋ねる。

だが彼女は小さく首を振った。

「そんな話は聞いたことはありませんけど……でも、能力《スキル》ってあまり人に知られたくないものですから」

「だから逃げちゃったのかもね」

「それはそうかもしれないな」

自分の能力を人に教えるというのは、場合によっては自殺行為になりうる。

現にニッカとグラッサは、彼女たちのスキルがバレて利用されることを恐れ、王都から逃げることになったのだ。

実際に王都では、そのせいで色々面倒に巻き込まれる羽目《はめ》になったわけで。

「しかし、気配すら俺に気付かせず完全に姿を消す能力か……」

魔都とも呼ばれるこのカーザリアに入ってから、俺はそれなりに気を張っていた。

初めて来る土地でもあるし、ルチマダほどではないにしても、醸《かも》し出す気配だけでもかなりの強者だとわかる魔族がそこかしこを闊歩《かっぽ》しているような場所だ。

更に言えばここは奴の――ルチマダの本拠地だ。

奴は倒したが、その仲間や信奉者がこの魔都にいないとは思えない。彼らがもしドワーフ王国での一件を知れば、仇《かたき》である俺を倒そうと襲いかかってくるだろう。

だからずっと気配探知に加え魔力探知も発動しつつ警戒は続けていたのだが……そのどれにも、あの少女は引っかからなかった。

「やっぱり魔族ってのは底が知れないな」

あのレベルの隠密《おんみつ》スキル持ちが沢山いるとしたら、俺でも不意打ちを防げる自信はない。

ニッカたちを不安にさせたくはないが、彼女たちにも少しは警戒しておいてもらった方が良いだろう。

「俺にすら気付かれない力を持った魔族がいるってわかっただけで収穫だな」

「トーアさんに気付けなかったなら、私たちが気付くはずもありませんね」

「そうだよ。石を蹴ったのは悪かったけど、あんな変な所に人が隠れてるなんて誰も思わないじゃん。隠れるならもっと隅っこの方に隠れてればいいのにさ」

グラッサは、少女に頭ごなしに叱《しか》られたことを少し根に持っているようだ。

「それはそうかもしれないけど、これからはもう少し注意はしておいた方が良いだろうな」

グラッサの気持ちもわからないでもない。

だが突然石をぶつけられた魔族少女の気持ちを考えると、彼女を悪くも言えない。

「それはそうと、そろそろ宿探しに戻らないと日が暮れちまうぞ」

俺は曖昧《あいまい》な笑みを浮かべながら、二人の背中を軽く手のひらで押したのだった。


「なんとか宿が見つかってよかったですね、トーアさん」

「ああ、本当にな」

俺たちがやっと宿を決めることが出来たのは、陽が傾きかけた頃だった。

しかし取れたのはたった一部屋。

しかもダブルベッドが一つだけの狭い部屋しか取れなかったのである。

「エキストラベッドはさすがになかったか」

そもそもこの世界にエキストラベッドなどという概念《がいねん》があるかは不明だったのだが、一応聞いてみたところ「そんなものはない」と言われてしまった。

ダブルベッドはもちろんニッカたちに使ってもらうので、俺は一人、床で眠ることになる。

一応寝袋は持っているのでそれに包《くる》まるつもりだが……それはそれで寂しくはある。

ともかく、そんな部屋の中、俺たちは街で買い込んだ食料を食べながら、歩き回って疲れた足を休めていた。

初めて来る街で、しかもこれだけ賑わっているとなると、他の地では見たこともない商品を扱っている店もいくつかあった。

宿を探しながらもそんな店を見て回ったせいで余計に疲れが溜《た》まったが、それはそれで楽しくもあり、旅の醍醐味《だいごみ》ともいえよう。

「さすが魔族の国ですね。魔物素材で作ったものが、どの店にも置いてあって驚きました」

「しかも相場がプレアソール王国の半額以下だから、色々買っちゃった」

二人の乙女《おとめ》は、ダブルベッドの上で戦利品を並べながら楽しそうにおしゃべりをしている。

前世であればそこに並んでいるのはブランドもののバッグや服、アクセサリーだったろう。

「このカースウルフの牙《きば》で作ったナイフ、早く使ってみたいなぁ」

「こっちのアースゲーターの籠手《こて》ならそのナイフも防げるかな？」

「その籠手いいよね。私も欲しかったけど、ちょっと装備するには重いかなって。ほら、私って速さ重視だからもう少し軽くないと」

だがさすがにこの世界の女子。

しかも冒険者ともなると、買ってきたものは実用性重視のものばかりで、俺的にはちょっと微妙な気持ちにさせられた。

「だよね。グラッサの場合は魔物の後ろに回り込んで切ったらすぐに離れなきゃいけないし、これだと重いかも」

「そうそう。あたしは攻撃魔法とか使えないから、どうしても近づいて攻撃しないといけないし、一撃で相手を倒せるほど強くもないから」

「失敗したら反撃受けちゃうかもしれないしね」

「だからなるべく軽くて丈夫なものにしたいんだ」

「でもだったら、フラウバードの骨で作った胸当てでもよかったんじゃない？　あれは軽かったし」

「うーん、あれはサイズがね……ニッカの胸ならちょうど良かったかもしれないけど、あたしにはちょっと大きかったから」

しかし話の内容が乙女の会話とは思えないほど殺伐《さつばつ》としている。

後ろに回り込んで切るとか反撃されるとか笑いながら話す系女子怖い。

あと、胸当てのサイズとかの会話は俺がいない所でやってほしい。

俺がそんなことを考えながら、屋台で買ってきたノンアルコールビールのような謎の飲み物を飲んでいると、突然グラッサが黙り込む。

「トーア。チェキから連絡が来たよ」

しばらく黙っていたグラッサが、俺の方を向いて自分の腕を持ち上げた。

そこには『誓約《せいやく》の腕輪』が嵌《は》まっている。

本来は『誓約の指輪』というドワーフ族が結婚の際に作る、離れていてもドワーフ同士であればお互いの意思疎通《そつう》が可能になる魔道具だ。だが、魔族であるルチマダがそれを模倣《もほう》して作ったために技術が足りず、腕輪サイズになってしまったものである。しかしドワーフ族以外は使うことが出来ないその魔道具を奴がなぜ作ろうとしたのかはもう知る術《すべ》はない。

ドワーフではないグラッサにとっては、何の役にも立たないただのアクセサリーでしかないはずだった。しかし、一方的ではあるがドワーフの血を引くチェキから腕輪を着けているグラッサへの連絡に使えることが判明したため、身に着けてもらっておいたのだ。

それが早速役に立った。

「なんて言ってきたんだ？」

「ちょっと待って」

そしてグラッサは、中空を見て数秒してから俺の方を向く。

「入城の許可を貰《もら》ったから、今からでも魔王城に来てほしいってさ」

「わかった。それじゃあすぐに行こうか」

どうやら俺たちも魔王の城に入ることが出来るらしい。

「宿泊出来る部屋も用意してくれてあるって」

これで床で眠る必要もなくなったな。

「それじゃあ、この宿はどうします？」

ニッカがそう言って首を傾げる。

せっかく見つけた宿だが、城に泊まれるならもう必要はない。

「もったいないが金だけ払って引き上げよう」

「わかりました。じゃあ荷物を片付けてすぐに出る準備しますね」

俺たちはそう決めると、早速ベッドの上やテーブルに広げたゴミや街で買ったものを片付ける。

それから宿の主人に宿泊費を払って「知り合いの家に泊まることになったから」とだけ告げて宿の外に出た。

「夕方ですけど人通り多いですね」

「そうだな」

ニッカの言う通り、もうすぐ日が暮れるというのに、未だに道行く人の数は減ったように感じない。

昼間は見かけた走り回る子供たちの姿は流石に見当たらなくなったが、違いはそれくらいだ。

「酒場とかも結構あるみたいだしな。これからは大人の時間ってことだろ」

魔王城に向かう道すがら、活気付く魔都の姿にキョロキョロしつつ足を進める。

やがて魔王城が見える大通りに出た。

通りの左右には多くの屋台が並び、昼間と違って大人たちがジョッキを片手に酒を楽しんでいる姿がそこかしこに見える。

「美味しそうな匂《にお》い。どこの店だろ」

屋台から流れてくる香りに、グラッサが鼻をひくつかせ、ニッカも目を輝かせる。

「夜のお店も王国で見たことがないものばかり扱ってるみたいですね。気になっちゃいます」

「さっき飯は食べたばっかりだろ」

ふらふらと屋台に引き寄せられていくグラッサとニッカの首根っこを掴んで引き戻す。

たしかに初めて嗅《か》ぐ美味しそうな匂いがそこら中から流れてきて、惹《ひ》かれる気持ちはわからなくもない。

だが今は寄り道をしている暇はない。

「チェキをいつまでも待たせるつもりか？」

「そ、そうだった」

なにせ『誓約の腕輪』での通信は一方通行である。

つまりチェキに、こちらからいつ頃到着するかを連絡する手段がない。

「どうせしばらくはここにいるんだから、明日の夜にでも来ればいいじゃないか」

「だよね」

「じゃあ急ぎましょう」

俺たち三人はそう頷《うなず》き合うと、居並ぶ屋台に後ろ髪を引かれながらも一路魔王城へ向かうために足を速めた。

しかしそんな俺たちを待っていたのは、意外な風景だった。

「なんだこりゃ」

魔王城の前にある正門前広場へたどり着いた俺は、そこを埋め尽くす魔族の群衆に目を見開いた。

チェキ達と一緒に馬車で昼間訪れたときも人は多かったが、今はその比ではない。

「広場でお祭りか何かやっているんでしょうか？」

ニッカが人混みの先を見ようと、その場でピョンピョン跳ねる。

だが背の低い彼女がいくら飛び跳ねても、人の山の向こう側は見えない。

背の高い魔族が多いせいで俺ですら数メートル先くらいしか見えないのだから当然だ。

「それにしては雰囲気がおかしいよね」

「だな」

広場にこれだけ沢山の人が集まるような催《もよお》し物《もの》があるのなら、周囲はもっと楽しそうで活気溢れる雰囲気になるはずだ。

だが人々の顔に浮かんでいるのは、どちらかというと楽しそうなものではなく困惑に近いものだ。

それどころか、涙を流して悲しんでいる人もいる。

流石にこれはおかしい。

「ちょっといいですか？」

気になった俺は嫌な予感を覚えつつ、近くにいた身長二メートルくらいのがっしりとした体格の女性魔族に声をかけてみた。

頭に一本角を生やして青い肌をした姿は、まるで昔話に出てくる青鬼のようだ。

「なんだい？」

「どうして皆さんここに集まっているんですか？」

「ん？　そうか。アンタは帝国の人じゃないんだね」

「ええ、プレアソール王国から来ました」

「ああ、あの人間族の国の。それじゃあ知らなくても仕方ないか。実はね……」

女性は少しだけ膝《ひざ》を曲げ俺と目線を合わせてから、小さな声で教えてくれた。

その内容は俺が予想していた通り――

「魔王様がお亡くなりになったんですか⁉」

「しーっ。本当の話かどうかはわからないから、あんまり大きな声を出さないでおくれよ」

「すみません」

俺は少しわざとらしくしすぎたかと反省しつつも、深刻な表情を作りながら話の続きを聞いた。

「そういう話が夕方くらいから魔族の間で噂になっててね。こうやってみんな、王城の前に自然と集まってきたってわけさね」

「そうだったんですね。それで王城からは何か発表はあったんですか？」

「ないね。あったら『本当かどうかわからない』なんて言うはずがないだろ」

「たしかにそうですね。色々教えていただいてありがとうございました」

俺は女魔族にお礼を告げると、ニッカたちに振り返って肩を竦《すく》めてみせる。

そして周りに聞こえないように二人に女魔族から聞いた話を伝えた。

「どうやらどこからか魔王様のことが漏《も》れたっぽいな」

「そうだったんですね。それで心配してこんなに人がいっぱい集まって……魔王様はとても慕われていたんですね」

「この国は良くも悪くも魔王が全てだからな。その魔王が崩御したという噂が本当なら、国自体が傾きかねないって、皆知ってるのさ」

改めて見てみれば、広場に集まる人々の表情の奥に不安が見え隠れしているのがわかる。

「でもこれじゃあ城に近づけないよ」

ニッカと同じように飛び跳ねて、魔王城正門の様子を見ようと頑張っているグラッサが困ったように眉《まゆ》を寄せた。

たしかにこの状況だと、魔王城に近づくことも難しい。

ただでさえ力の強い魔族たちが大勢広場に集まっているのだ。

それを押しのけて正門に近づくのは、至難《しなん》の業《わざ》だろう。

もちろん本気を出せば出来ないことはないが、騒ぎを起こすのは本意じゃない。

それにもし門までたどり着けても、魔族たちが押し寄せている中で門を開けてくれる可能性は低いだろう。

「他に入り口でもあればな」

「ぐるっと回って探してみます？　裏門とかあるかもしれませんよ」

「そっちにも人がいっぱいいるんじゃない？　それにチェキが話を通してくれてるのは、正門の守衛さんだけかもしれないし」

チェキからの連絡は、あれ以降入っていない。

彼女が俺たちを城に入れるように手配してくれたと言っても、本来向かうはずのない裏門の守衛にまでそれが伝わっている可能性は低い。

それにもしかしたら、チェキが門の中で俺たちの到着を待っていてくれる可能性もあるが、現状を伝える術もない。

「なんとかして騒ぎを起こさずに正門から入る必要があるが……ん？」

正門まで穏便《おんびん》にたどり着く方法を、俺が考えているときだった。

俺たちの横を一人の幼い魔族が通り過ぎていくのが目に入った。

そして彼女は、そのまま人混みの中に飛び込んでいく。

だが俺たちですら越えることが出来ないでいる人々の壁を、小さな彼女が突破出来るはずもない。

何度も人混みに押し返されながらも、それでも彼女は諦《あきら》めずに突入しては弾き返されを繰り返す。

「通してくれなのじゃ」

しかし彼女の声はざわめきにかき消され人々には届かない。

やがて体力か気力が尽きたのか、彼女は地面にぺたりと座り込んで泣き出してしまった。

「ううっ、どうなっておるのじゃ。これでは帰れないではないかぁ……ぐずっ」

鼻水をずずっと吸い、流れ出る涙を腕でゴシゴシと拭《ぬぐ》うその顔には見覚えがあった。

「あの子は……」

俺がそう呟くと、ニッカもグラッサも彼女に気付いたようだ。

「グラッサが石を当てちゃった子ですね」

「ほんとだ。何してるんだろうね」

やがて少女はとぼとぼと人混みから離れると、広場の脇《わき》に立つ街灯の下にしゃがみ込んだ。

俺はそんな彼女が気になって声をかけようと一歩踏み出し――次に起こった出来事にその足を止めた。

「えっ」

不思議なことに一瞬前まで確実に街灯の下にいたはずの少女が、突然その姿を消したのである。

「あの子、いきなり消えちゃったよ」

「えっ……ええっ！」

グラッサたちも驚いているところを見ると、俺の見間違いではないことは確かだ。

あの一瞬でどこかに移動した？

いや、そもそも座り込んですぐに移動するとは考えられない。

「やっぱり彼女の能力は姿を消すことなのか」

試しに魔力感知をしてみるが、あのときと同じように、彼女が消えた場所から反応は一切感じられない。

「昼間もあの力で隠れていたところにグラッサの石が当たったんですね」

「やっぱりそうだよね。あたし、蹴る場所くらい確認したもん」

しかしどうしたものか。

このまま彼女が姿を消した場所に近寄って声をかけて良いのだろうか。

昼間の様子からすると、どうやら彼女は自分のその力を他人には知られたくないようだった。

「そっとしておいてやろうか」

「そうですね……でも私、少し気になったことがあるんです」

「何が？」

ニッカの言葉にグラッサが続きを促す。

「さっきあの子が口にしてたことなんですけど」

「ん？　たしか……帰れないとかなんとか言ってたけど、それがどうかした？」

「それって、もしかして魔王城に、ってことなんじゃないかなって」

たしかに正門前には沢山の人が押し寄せていて近寄れない。

だが、その広場の周りにある一般の建物の入り口までは塞《ふさ》がれてはいなかった。

つまり、現状唯一『帰ることが出来ない場所』は魔王城だけである。

「だとすると、あの子は魔王城に住んでいるってことか？」

巨大な魔王城の中にはきっと、住み込みで働いている者も多いだろう。

たぶんそういった人たちの宿舎もあるに違いない。

魔王城の雇用形態がどういうものかはわからないが、子供連れで働いている人がいても不思議とは思わない。

前世でも、職場に育児施設が併設されているところもあったくらいだ。

「もしかして魔王様のお子さん……とか？」

「皇女様ってこと？　いや、さすがにそれはないでしょ」

「でもしゃべり方とか、こういうと失礼だけどちょっと偉そうな感じだったじゃない？」

「そういえば『我』とか言ってたもんね――えっ、本当に？」

ニッカの推理を聞いてグラッサの顔が青ざめる。

もしあの少女が魔王の娘だとすれば、彼女はそんな身分の者に石をぶつけたということになる。

「とにかく本人に話を聞いてみよう。行くぞ」

「ええっ。あたしも付いていくの？」

「もしグラッサが不敬罪とかで処刑されそうになっても俺が助けてやるから」

「そんな怖いこと言わないでよ！」

涙目で震えるグラッサ。

だが俺はそんなことにはならないだろうと笑って告げる。

「大丈夫だって。昼間の様子を見る限り、あの子はそんな強権を振りかざすような子には見えなかったしな」

「で、でもさぁ」

心配そうなグラッサに、俺は続けて提案を一つしてやることにする。

「そんなに心配ならさ。逆にここで彼女を助けてあげて、石をぶつけたことをチャラにしてもらえばいいんじゃないか？」

「そ、そうだね。うん。そうしよう」

俺の提案に希望を見出したのだろう、グラッサは小さく握りこぶしを作って気合いを入れる。

「じゃあ行こうか」

前にニッカも同じ仕草をしていたなと思い出しながら、俺たち三人は魔族の少女が消えた街灯の下へ向かったのだった。


「——これぐらいの深さがあればいいか？」

俺は今、魔王城の正門から離れた人目の少ない路地で、土魔法を使い地面に穴を開けて、その底から上に向かってそう尋ねた。

「うむ。十分じゃな」

俺の声に答えたのは、ニッカでもグラッサでもない幼い少女魔族だった。

彼女の名はファウラ。

街灯の下で姿を消した例の少女である。

彼女は件《くだん》の魔王専属の侍女《じじょ》で、魔王に買い物を頼まれ街に出かけていたところだったという。

そして数日かかってその品物をやっと手に入れたというのに、城に帰る道を人波に塞がれて途方に暮れていたということらしい。

そのことを聞き出すまでには、まず完全に気配まで消した彼女がいるであろう場所に声をかけ、自分たちの身元を証明するためにあれやこれや頑張ったのだが、その話はあまり詳しく語りたくはない。

ただ、何もない場所に向かって話しかけている俺たちの姿はかなりアレな集まりに見えたのだろう。

周りにいた人たちがあからさまに俺たちから遠ざかっていったのは、かなり心に来た。

ともあれ、その甲斐《かい》あってファウラは姿を現し、こうして魔王城へ侵入する手引きをしてくれることになったのだ。

「あとは魔王城の庭まで横穴を掘れば中に侵入出来るはずじゃ」

「本当に警報とかには引っかからないんだろうな？」

「安心せい。我の隠密《インビジブル》にかかれば魔王城の警戒網なぞ無意味じゃ」

彼女が俺たちから身を隠していたスキルの名は隠密《インビジブル》という。

そのスキルは強力で、最大限に力を使えば、彼女を中心に三メートルほどの範囲内にいる者の音や姿、更に気配や匂いまでもを、外部からは認知出来なくすることが出来るらしい。

俺がもし同じようなことをするなら、複数の魔法を同時に発動して制御する必要がある。

もちろん魔力消費も半端なく多くなる上に、常に複数の魔法を制御し続けるのは至難の業《わざ》だ。

だが、どう見ても十歳程度のこの少女は、それと同等以上の力を簡単に行使することが出来る。

たぶん彼女が魔王専属の侍女に選ばれた理由もそこにあるのだろう。

「じゃあ、一人ずつ足下に気を付けて入ってきてくれ」

数メートルの深さがある穴の中にグラッサとニッカ、そしてファウラの順番で降りてくるのを、俺は穴の底で迎える。

そして全員が降りてきたのを確認してから、土魔法で開けた穴の入り口を元通りになるように塞いだ。

これであの路地の地面が掘られたことに気付かれることはないだろう。

「光魔法《ブレシングライト》」

外の光が遮断《しゃだん》され、真っ暗になった空間に俺の声が響く。

「これで灯《あか》りの心配は要らないぞ」

光に照らされた空間は、四人が入っても窮屈《きゅうくつ》ではない広さの小部屋にしておいた。

「す、凄いのじゃ」

ファウラは思わずといった様子で感嘆《かんたん》の声を上げる。

「でしょ。トーアって凄い魔法使いなんだから」

「いや、俺は別に魔法使いってわけじゃないけどな」

俺の職業を一言で表すなら万能職《オールラウンダー》だろうか？

といってもこの世界にそんな職業は存在しないらしいのだが。

「それにしても、こうやって魔王城に入れるのもファウラのおかげだよ」

俺は部屋の側面に片手を当て、土魔法《ブレシングアース》で魔王城の方向へ横穴を開けながらそう言った。

「路地に人が来たときも、すぐ側にいるあたしたちに一切気が付かずに通り過ぎていったもんね」

実は路地裏で穴を掘っている最中に、幾人かがそんな俺たちの横を通り過ぎていった。

だがファウラのスキルによって隠蔽された俺たちには、誰一人気付くことがなかったのである。

「あれなら魔王城の中にこっそり入っても、衛兵にバレる心配はないだろうな」

「さすが、魔王様専属侍女様だよね」

「そうじゃろ、そうじゃろ」

今も隠密《インビジブル》を発動させたままのファウラが自慢げに胸を張る。

「チェキも突然後ろから私たちが来たらびっくりするかな」

「変ないたずらはしないでしょね、グラッサ」

「わかってるよ」

のんきな二人の会話を背に、俺はトンネルを掘り進める。

そして十メートルほど掘ってから、今度は斜め上に向かって道を作るように穴を広げていく。

「この辺りでいいか？」

地上まで十センチくらいまで掘り進んだところで、俺はファウラに最終確認を取る。

「うむ。問題なかろう」

ファウラによれば、この真上はちょうど魔王城の庭の端にあたるらしい。

俺はその庭に出るための穴を開けようと、頭上に手のひらを向けた。

そんな俺の耳に、グラッサの不安そうな声が届く。

「でも魔王が死んでないって本当なのかな？」

「もちろんじゃ。魔王……様はただ単に眠っておられるだけじゃと言ったじゃろ」

ファウラと俺たちが協力して魔王城に忍び込むことになった一番の理由。

それは、魔王の死は誤報で、その原因の一端は彼女にあると聞いたからである。

それを聞いたのは、ファウラの正体を明かされた後のことだ。

どうしてこんな騒ぎになっているのかわからないと言う彼女に、俺たちは事の次第を話して聞かせた。

ファウラは魔王の崩御の情報を知らなかったらしく驚いていたが、しかし魔王は死んでなどいないと、その理由を俺たちに教えてくれたのである。

「魔王様はごく稀《まれ》にお眠りになる。そして眠りに入った魔王様は、よほどのことでもない限り、反応を示さなくなられるのじゃ。それを城の馬鹿どもが勘違いしたのじゃろう」

馬鹿どもというのは、いわゆる四天王みたいな立場の魔族らしい。

「それじゃあ魔王様が目を覚ませば、この騒ぎは収まるってことですよね？」

「そうじゃ。じゃが魔王様を目覚めさせるのは我の仕事でな……我以外では、魔王様を目覚めさせることが出来ぬのじゃ」

ファウラが言うには、魔王を目覚めさせるには彼女だけが知る方法を使わなければならないらしい。

どんな方法かは魔王との契約で絶対に誰にも教えられないらしいが、その方法を使わない場合は自然と魔王が目覚めるのを待つ必要があるという。

しかし待つにしても、ファウラですら魔王がどれほどの時間眠るのかはわからず、場合によっては幾日も眠る可能性もあるのだとか。

「もう何日か経ってるし、騒ぎが広がっていったらとんでもないことになるかもな」

ただの噂話だけで王城前があれほどの状況になっているというのに、それが長く続けば最悪このヴォルガ帝国が揺らぎかねないほどの騒ぎになるかもしれない。

「なんだかよくわかんないけど、魔王城の中に入れれば、あとはファウラちゃんが魔王様を目覚めさせて万事解決、ってことでいいんだよね」

「そうじゃ。まぁその後で馬鹿どもを落ち着かせないといけないことを考えると頭が痛いが……なんとかなるじゃろ」

「じゃあ善は急げだ」

俺はそう言うと、頭上に向かって土魔法を使って、出口となる穴を作った。

それから念のために穴の周囲をファウラのスキルで隠蔽してもらってから、俺だけ先に外へ出る。

計算通り、魔王城の庭らしい場所だった。

しかも都合のいいことに、上手い具合に庭木のおかげでこの場所を直視出来るような兵士もいない。

俺は穴から一人ずつ引っ張り上げ、最後に土魔法で開けた穴を元通り埋める。

穴の形に芝生《しばふ》が禿《は》げてしまったが、これぱかりはどうしようもない。

「助かったのじゃ」

「こちらこそ助かったよ」

俺に続けて、ニッカが笑顔で手を振ってファウラに応える。

「それじゃ、また会いましょう」

「うむ。それでは我は急ぎ城に戻って、魔王様を目覚めさせてくる。しばらくは騒がしくなるかもしれんが、落ち着いたら我から会いに行くのじゃ」

ファウラはそれだけ言い残すと、一目散《いちもくさん》に魔王城へ向かって駆けていった。

「行っちゃったね」

「どうせ俺たちも城に行くんだからすぐに会えるさ。それよりもだ……」

俺は正門がある方向に目を向ける。

「やっぱりチェキは俺たちを待っててくれてたみたいだな」

「あ」

「本当だ」

俺たちの視線の先。

正門から少し離れた場所に駐まっている馬車の前に、心配そうな表情で正門を見つめているチェキの姿があった。

正門前の騒ぎのせいで、俺たちが城にたどり着けないことを心配しているのだろう。

「チェキをこれ以上待たせちゃ申し訳ないな」

俺はニッカとグラッサに目配せすると、急ぎ足でチェキの元に向かうのだった。


「いきなり後ろから現れるんだもん。ボクびっくりしたよ」

「ごめんごめん。でもさ、正面からじゃ城に入れなかったから仕方なかったんだよ」

魔王城のエントランスホールを進み、いくつかの角を曲がった所に、帝国が俺たちのために用意してくれた部屋はあった。

入室した俺たちはさっそく、宿屋とは比べものにならないほど広い室内を巡ってみる。

部屋はいくつかの小部屋に区分けされており、豪華な調度品の置かれた応接室、広くて綺麗なトイレや、魔道具によっていつでもお湯を張ることが出来る大きめの風呂《ふろ》までもあった。

更に寝室も三つあり、その一つには天蓋《てんがい》付きのベッドが備え付けられていた。

部屋の家具が王国よりも全て一回り大きく、天井も高く作られているのは、魔族には大柄な者が多いからだろうか。

チェキが案内の魔族から聞いた話によれば、王城内にはここと同じような部屋がいくつもあり、更に豪華な部屋も存在するのだという。

俺からすれば、この部屋でも十分豪華に思えるのだが、上には上があるということだろう。

一通り見て回った俺たちは、応接室に落ち着いて一息入れる。

部屋にあったティーセットで四人分のお茶を入れ、それぞれが一口飲んだところで、俺はチェキと別れてからのことを彼女に話すことにした。

街がとても賑やかで、お祭りでもあるのかと思ったこと。宿屋が全然見つからなくて困ったこと。そしてファウラという魔族の少女と出会い、魔王城の前で中に入れず困っていた彼女と再会したこと。それから魔王城へ入るために彼女の力を借りたことまでを、時々ニッカたちに補足を入れてもらいながら、ざっと説明する。

ただしファウラのスキルについては彼女の同意を得ていないので話すことはしなかったが。

「初めてこの町に来た人は、人の多さにびっくりするよね」

「そうそう。めちゃびっくりしてさ。屋台からは美味しそうな匂いがどこからもしてくるし、お腹が鳴って仕方なかったよ」

「私、人酔いしてしまいそうでした」

チェキ、グラッサ、ニッカはそう楽しそうに話している。

チェキがエルドワ自治区から両親の力で逃がされて以降、王国で俺らと出会うまで何があったか、まだ詳しくは聞いていない。だが彼女は自治区の近くで目覚めてからしばらくは、この帝都で暮らしていたそうだ。

彼女の能力——人の心を見抜く力は、彼女にとって害をなす者かどうかを判断するのに非常に便利で、そのおかげで生活には困らなかったらしい。

「それでチェキ。ドワーフ使節団の方はどうだったんだ？」

女子たちの会話が途切れた瞬間を見計らって、俺はチェキにそう尋ねる。

魔王城への俺たちの立ち入りと宿泊が許可されたことは聞いていたが、だが魔王が眠りに入っているのだから、使節団は魔王と会談が出来ていないだろう。

「それがね。ボクたちがドワーフ王国の使節団だって言ったらさ、いきなり魔王の間とかいう所に連れてかれちゃって」

どうやら魔王の間とは、魔王自身の部屋らしい。

しかも魔王自身は魔王城が出来て以来、ほとんどそこを出ることがなく、執務も謁見《えっけん》も全てそこで行うことになっているという。

俺が「魔王って、もしかして引きこもりなのか？」などと考えている間にもチェキの話は続く。

魔王の間に入ってチェキたちが見たのは、最奥《さいおう》の玉座に座ったまま微動だにしない魔王の姿だった。

そこで彼女たちは魔王の側近の一人から、魔王の現状について説明を受けた。

「そういえば、皆は魔王様がどんな人物か知ってる？」

「噂程度でしか知らないな」

「あたしも知らなーい」

「知りません」

バラバラで個人主義、個種族主義だった魔族を纏め上げて、豊かで多様性溢れる国を作った人物という話は知っている。

だけど実際に会ったという人の話は聞いたことがないのだ。

なんせプレアソール王国とヴォルガ帝国が交易を始めて以来、魔王が公の場に出てくることは一度もなかったと記憶している。

表立った交渉なども、魔王は全て配下に任せて、最終的な判断や指示だけをしていたとか。

「ボクも目覚めてからしばらくはこの国で暮らしてたけど、一度も見たことがなかったんだ。だから不謹慎《ふきんしん》だけど初めて魔王様の姿を見ることが出来るって思って、ちょっとワクワクしてたんだけど……」

チェキはそこまで楽しそうに話していた声のトーンを突然落とす。

それからテーブルの上に身を乗り出して、俺たち全員を手招きした。

どうやら俺たちだけに聞こえるように内緒話をしたいらしい。

一応、この部屋の中に盗聴《とうちょう》や盗撮《とうさつ》の魔法や魔道具がないことは確認済みではある。

だが、それでも何かしらの手法で話を聞かれていないとは言い切れない。

俺はチェキに顔を寄せると小さな声で提案を口にする。

「話が漏れないように魔法でもかけたほうがいいか？」

「お願いできるかな？」

「お安い御用だ。沈黙魔法《サイレンス》」

囁《ささや》き程度の声でそう会話した後、俺は応接室の中だけを包み込むように調整して魔法を放つ。

それと同時に、僅かに聞こえていた周囲の音が完全に消えた。

「ありがとう、トーア」

「それでここまでしないと話せないことってなんなんだ？」

俺は姿勢と声の大きさを元通りに戻すと、彼女の言葉を待つ。

僅かに緊張した空気を感じてか、ニッカとグラッサも黙ったまま数秒。

チェキは何かを決意したように俺の目をまっすぐ見つめて――

「実はボクの力《スキル》は読心術なんかじゃないんだ」

と、予想もしてなかった言葉を口にした。

「どういうことだ？」

チェキは読心術で相手の心を読むことで、魔族が他の種族に化けていることを暴《あば》いていたはずだ。

そのせいで人の心を盗み見ると毛嫌いされ、悪魔の子とまで呼ばれたのではなかったのか。

「ボクの本当の力《スキル》は鑑定《アプレイザル》」

「鑑定《アプレイザル》……それって」

「名前からわかると思うけど、ボクが知りたいと思ったものや人の情報が、ある程度わかる力《スキル》なんだよ」

鑑定スキルといえば、異世界ものでは一、二を争うほどのチートスキルだ。

それを彼女は持っているということか。

「つまりチェキがエルドワ自治区やドワーフ王国に紛れ込んだ魔族を見つけられたのも……」

「うん。別にボクは心を読んだわけじゃなくて、鑑定《アプレイザル》でその人の種族名を見ただけなんだ」

チェキは決して人の心を覗《のぞ》いていたわけではないが、ある意味それ以上に恐ろしい力を持っていたようだ。

「それで、ボクは魔王様のことを鑑定《アプレイザル》したんだ」

「大胆《だいたん》だな」

「本当は亡くなった人のことを調べるなんて不謹慎だと思ったけど」

チェキは僅かに後ろめたそうに目線を足下に落とす。

「どうしても魔王様が亡くなってるとは思えなくて」

ファウラは、魔王は眠っているだけだと言っていた。

それが本当なのかどうか、チェキのスキルならわかるということだろう。

別にファウラの言葉を疑っているわけじゃないが、気にならないと言えば嘘になる。

「てっきりチェキが聞かれたくないのはスキルのことかと思ってたけど」

「うん。聞かれたくなかったのは魔王様のことなんだ」

チェキはそう言って顔を上げる。

「力《スキル》のことはいつか話そうと思ってたんだ。本当はもう少し色々落ち着いてからのつもりだったけどね」

チェキはそこで言葉をいったん区切り、大きく深呼吸する。

「落ち着いて聞いてほしいんだけど——鑑定《アプレイザル》で魔王様を調べたら、魔王様は生き物じゃないってわかったんだよ」

そして彼女の口から出た言葉に、俺たちは更に混乱することになった。

「は？」

「生き物じゃないってどういうこと？」

「魔族じゃないって意味ですか？」

予想外の内容に、俺たちは矢継ぎ早に質問を投げかける。

「ううん。ボクの鑑定《アプレイザル》でわかる内容は生物と無生物では全然違うんだ。たとえば生物なら種族とか種別、年齢とか大雑把《おおざっぱ》な魔力の強さとか、食べても安全かどうかとか色々わかるんだけど……」

無生物の場合は、一般的にそのものが何と呼ばれているかという名称と状態、そしてそのものはどういった用途に使うものかなどがわかるのだという。

そして件《くだん》の魔王の鑑定結果は後者だったと、チェキは青ざめた表情で語った。

「つまり魔王ってのは元々生き物じゃないってことなのか。だからみんな死んだと思い込んでしまったと」

「たぶん……そうだと思う。でも今までは生きて動いてたのは間違いないんだ」

そんな俺たちの会話にグラッサが割り込む。

「もしかして、死んじゃって『生き物』から『無生物』になったからじゃないの？」

たしかにそうだ。

こう言っては色々と問題はあるかもしれないが、生き物の死体はすでに生き物ではないので、その意味では無生物とも考えられる。

だとすれば、既に死んでしまった魔王を鑑定した結果が生物ではないと出てもおかしくはないのではなかろうか。

だとすると、ファウラが言っていた『眠っているだけ』という話と矛盾《むじゅん》してしまうわけだが。

「ううん。ボクはいままで何度も鑑定《アプレイザル》を使ってきたし、死体を鑑定した経験も何度かあるんだ」

そのときはきちんと生き物として鑑定《アプレイザル》の結果が頭に流れ込んできたのだという。

しかし魔王の死体は完全に生き物ではない『無生物』としての情報しか入ってこなかったそうだ。

「それじゃあ、魔王の鑑定結果を教えてくれるか？」

魔王という存在。

その正体を知るためにはチェキが『視た』情報を知る必要がある。

「それが、ボクには意味のわからない知らない文字が次々流れ込んできてね。上手く説明出来ないんだ……こんなの初めてなんだよ」

「知らない文字？」

「うん。たぶんボクが知らないだけでどこかの種族の文字だと思うんだけど、ボクには読めなかったんだ……たしかこんな感じだったかな」

チェキはそのときの記憶を思い出しながら、テーブルの脇に置いてあったレターセットの紙を一枚破り、そこにペンで文字らしきものを書き出した。

「一番簡単なものしか覚えられなくて……」

短い線と曲線で綴《つづ》られていく文字を、俺はじっと見つめる。

「これって、まさか」

その瞬間。

俺の頭の奥で突然小さな痛みが生まれ、思わずうめき声を上げて頭を押さえる。

「トーアさん⁉」

「どうしたんだよトーア！」

そんな俺に心配そうに声をかけてくるニッカとグラッサ。

「大丈夫だ」

片手で近寄ろうとする二人を制した後、俺はチェキに今思い出したことを確かめるために、収納から紙とペンを取り出してそこに文字を書き殴った。

「チェキ。君が視た文字列は正しくはこうじゃなかったかい？」

書いた紙を上下ひっくり返して、チェキから見て正しい方向に置き直しながら俺はそう尋ねた。

紙の上には『ＭＰＰＲＤ』という英文字が並んでいた。

実はこの世界にも、英文字はある。

Ａランク、Ｂランクなどランク付けがあることからそれは転生してすぐに気が付いた。

だがこの世界の英文字は、前世のモノとは字体が違っていた。

たとえば『Ａ』の場合、前世であれば山型に横線一本で『Ａ』だが、今世の世界ではどちらかと言えば筆記体の『ａ』に似た文字になっている。

前世の世界でも、国や人種が違っても、不思議と類似《るいじ》する言語や文字は沢山あった。

だから俺も、この世界でも似たような流れで似たような文字が作られた歴史があるのだろうと納得していたのだが……

「えっと……うん。たしかにこれにそっくりだったと思う。でも、なぜトーアがこの文字を知ってるの？」

「待ってくれ。今は俺自身混乱してて、何をどう話したら良いのかわからないんだ。だからそれについては後で確信出来たら話すよ」

不思議そうに俺の書いた文字を見つめるチェキに返事しつつ、俺は椅子《いす》から立ち上がる。

そして出口に向けて足を向けた。

「どこに行くのさ」

グラッサの声が背中にかかる。

「魔王の所だよ。急いで確かめなきゃいけないことが出来たんだ」

「確かめるって、何を？」

「俺が思い出したことが真実なのかどうかをだよ」

はやる心のままに早口で答え、扉に手をかけ開く。

そして部屋の外にいる警備なのか俺たちの監視なのかわからない兵士に話しかける。

「魔王様に謁見したいんだが、どうすればいい？」

「ま、魔王様にか？」

「ああ。なるべく急ぎでお願いしたいんだが」

唐突な申し出に驚いた表情の兵士だったが、そんな彼から返ってきた言葉は期待外れなものだった。

「魔王様は現在、病気療養《りょうよう》中で誰とも会うことは出来ないと聞いている」

「でもそれは――いや、無理を言ってごめん」

どうやら魔王は病気療養中だと、一般の兵士には伝えられているらしい。

しかし魔王城の外には魔王逝去の情報が漏れていたわけだし、この兵士も実は知っているのかもしれない。

まあ、立場的にそれを口には出来ない、もしくは口止めされているんだろうけど。

俺はいったん部屋に戻ると、まだ沈黙《サイレンス》魔法の効果が切れていないのを確認する。

「やっぱりダメだった」

「今の状況で魔王に会わせろって言ったって無理に決まってるじゃん」

「グラッサの言う通りだ。少し焦りすぎてた。でも――」

「どうしても会いに行かなきゃいけない事情があるんですね」

そう言うニッカに俺は無言で頷き返すと、チェキに向かって頭を下げる。

「お願いだチェキ。魔王のいた場所まで案内してくれないか？」

魔王城の広い廊下を、俺たちは奥へ、奥へと進んでいく。

俺が生まれた王都やドワーフの国の王城に比べて、その通路は幅広く天井も高い。

別に魔王が自らの威容《いよう》を示すためにそうしているわけではない。

理由はもっと単純で、ベッドが大きかったのと同じく、ただ単に魔族という種族特性のせいである。

先ほどから幾人かとすれ違っているが、種族の中でも特に多様性のある魔族は、その体格だけでも千差万別。

城外で出会ったファウラよりも小柄な魔族もいれば、俺の倍以上もの身長と横幅を持つ者もいる。

そんな彼らが城の中で移動しようとするならばそれなりに広く作らねばならず、結果、大型車が悠々と通れそうな廊下が作られることになったのだ。

「本当にトーアって何でも出来ちゃうから凄いよね」

「だよね」

「二人とも、よそ見して範囲外に出ちゃわないようにしないと危ないよ」

そんな通路を、俺たちが誰に見とがめられるでもなく歩けているのは、全員の姿と気配、そして音を隠す――つまりファウラの能力と似た効果を持つ結界魔道具を使っているからである。

これは辺境砦で隠密行動用に使われていたもので、非常に強力だがファウラのそれと違い欠点も多く、今まで俺はそれを使わずにいた。

まず一つ目の欠点は、効果範囲だ。

魔道具による結界は、自分を中心とした直径二メートル以下の範囲に限られる。

なので一人で行動する分には問題ないが、今みたいに数人で使おうとするとかなり窮屈になってしまう。

「ちょっと。押さないでよ」

「わわっ。危なっ」

「みなさん、きちんとトーアさんの腕に掴まってください！」

結果、今俺は三人のうち二人を左右の腕にぶら下げるようにして、残りの一人も背中にくっつけた状態で歩いている。

最初こそ役得だと思ったが、しばらく歩いている間にそんな浮かれた気持ちよりも面倒くささが上回るようになってしまった。

次の欠点は効果時間である。

この魔道具は魔力の消費量が多く、しかも外部から魔力を補充することが出来ない。

どうやら複数の結界を同時に発動する機能のせいで、魔導回路の仕組みが複雑になってしまったらしく、魔力補充を強制的に行うと壊れてしまうんだそうだ。

結果、効果時間は大体三十分ほどという短さになっている。

更に、その魔力が自動回復するまでに五日以上もかかってしまうという、燃費の悪い魔道具となってしまった。

辺境砦には、この魔道具が複数常備されていたので使い捨て感覚で使われていたけれど……

そして最後――

「ん？」

チチチチッ。

俺の肩で小鳥型の魔道具が可愛らしい鳴き声を上げた。

慌ててその魔道具の頭をポンと叩《たた》いて、鳴き声を止める。

「トーアさん、あそこの柱の陰だったら隠れることが出来そうですよ」

「ちょうどいい、あそこにしよう」

「魔王城って柱も大きくて隠れやすいからいいよね」

最後にもう一つの欠陥《けっかん》がある。

いや、これは欠陥なのかどうかは使い方によるのだが。

「じゃあいったん結界を解くぞ」

「はい」

「わかった」

「いつでもいいよ」

押しくらまんじゅう状態で近くの巨大な柱の陰に隠れると、俺は三人に確認を入れて結界を一時的に解く。

途端に、新鮮な空気が一気に周りから流れ込んできた。

「すーはーすーはー。あぁ、酸素の味ぃ」

「ふぅ。ちょっと息苦しかった」

「もう少し持つと思ったんだけどな」

「チェキとグラッサが騒いでいたせいじゃないですか？」

この結界魔道具最大の欠点は、姿を隠すだけでなく内部の音や匂いなどを外部に漏らさないように遮断する仕組みのため、空気の循環《じゅんかん》も出来なくなってしまうというものだ。

そのおかげで、匂いに敏感な魔物からも身を隠せ、毒ガスなどの瘴気《しょうき》も完璧《かんぺき》に防ぐことが出来るのでトレードオフではある。それに本来の運用方法では一人で使うものなので、あまりそういったことを気にせずに済んでいた。

だから俺は、いつものようにこの魔道具を使うことを選択したのだが……

「四人だと思っていた以上に早く酸素がなくなるもんだな」

「無理矢理付いてきちゃってごめんなさい」

ニッカが申し訳なさそうに頭を下げる。

「あたしたちだって魔王様を見てみたかったんだから、置いていこうとしたトーアが悪いんだよ」

その横でグラッサが口を尖《とが》らせる。

「ボクは案内役だから、付いてこないわけにいかないしね」

「それはそうだ」

俺はそう言いながら結界魔道具を取り出し、残りの魔力量を調べる。

部屋を出てかれこれ十分くらい歩いただろうか。

ぎゅうぎゅう詰めの状態での歩みではどうしても速度が出ない。

とは言っても魔王の部屋まであと二十分もかかるとは思えない。

それでも一応確認はしておこう。

「チェキ。魔王の部屋まであとどれくらいだ？」

「えっとね……この廊下の突き当たりに大きな扉があったでしょ？」

たしかに廊下のかなり先に扉が見えていた。

「その扉から入って左に、ボクたちの部屋からここまでと同じくらい進んで、次に来る角を曲がればすぐだよ」

「そうか。だったら十分間に合うな」

俺はそう答えると三人を手招きする。

それから肩に載せた小鳥型の魔道具の頭を叩いてこちらも動かす。

酸素濃度が低くなったり、一酸化炭素などを検知したりしたときに小さく鳴いて知らせてくれるだけの魔道具だが、ダンジョン以外で使うことになるとは思わなかった。

「準備はいいか？　三人とも、離れないように」

俺はそう言うと両腕と腰に三人がしがみついたのを確認してからして、結界魔道具をもう一度作動させ、柱の陰を出たのだった。


「――何か様子がおかしいぞ」

玉座の間へ向かう最後の角を曲がったところで、俺は足を止めた。

チェキによれば、この通路の真正面にあるのが玉座の間のはずだ。

たしかに五十メートルほど先に、高さだけでも六メートル以上はある豪華な装飾が施された巨大な扉が見える。

だが問題はそこではない。

「扉が開いてますね」

俺の背中から顔を出したニッカが、不思議そうに呟く。

魔王の状況について話が広まらないように見張りがいるはずなのだが、大きく開け放たれた扉の前には誰もおらず、それどころか何人もの魔族が慌ただしく出入りしている有様《ありさま》だ。

「何かあったのかもな」

「もしかして、ファウラが魔王様を起こしたんじゃない？」

「起こした？　そっか、トーアたちが会ったっていう女の子がそんなこと言ってたんだっけ」

「半信半疑でしたけど、もしそうなら魔王様が眠っているだけというのは本当だったということでしょうか」

たしかファウラは、自分なら魔王様を目覚めさせられると言っていた。

実は俺もニッカと同じく、彼女のその話を完全に信じてはいなかった……だが先ほど部屋でチェキに見せられた文字と、その後に思い出した内容。それとファウラの言葉を結びつければ、彼女の言っていた意味が理解出来る。

「百分は一見にしかずだ。魔王が本当に目覚めたのかどうか確かめなきゃな」

俺はそう言って駆け出す。

「ちょっ」

「トーア！　ボクたちこれじゃ丸見えだよ！」

「待ってくださーい」

結界魔道具の範囲外に出てしまった三人が慌てる声を背に、俺は扉をくぐり抜けた。

そこが玉座の間である。

天井までの高さは先ほどまでの通路よりも更に高く、軽く二十メートルはあるだろうか。

扉の豪華さに比べ、玉座の間にはあまり華美な装飾は見当たらない。

しかし天井の明かり取りの窓から光に照らされた室内の床には上品な細工が細かく刻み込まれ、差し込む光によって絶妙な陰影《いんえい》による美を醸し出していた。

「……」

そして玉座の間には、十人ほどの重鎮《じゅうちん》らしい身なりの良い魔族が揃《そろ》い、真っ正面にある玉座の前で片膝を突き頭《こうべ》を垂れていた。

「あれが……魔王……」

重鎮が揃って頭を垂れる相手は、玉座にいる魔王以外にあり得ない。

俺は玉座に座る巨大な影を見つめる。

「やっぱりそうだったのか」

短めの三本足と、それに比して長めの腕。

腕は太く力強いものが二本、肩から伸びている。

しかしそれ以外にも、細く細やかな動きが出来そうな腕が背中から更に四本、扇状《おうぎ》に広がっていて異形さを見せつけていた。

胴体の上に付いている、平べったい半球状のものは顔だろう。

顔の中央には大きめの単眼があり、その左右に二個ずつ、単眼よりも小さな目が付いていた。

そんな五つの目は、差し込む光を反射して鈍い光を放っていた。

俺の記憶が確かなら、他にも十個ほどの『眼』がヤツにはあるはずだ。だがそれは外部からはどこにあるのかわからない。

ずんぐりむっくりという言葉が似合うその巨体は、身長八メートル。横幅六メートルほど。

俺たちから見れば、その体躯《たいく》は巨大に見えるが、魔族の中には身長が十メートルを超える種族もいるため、特別に大きいわけではない。

見かけだけであれば、よほど魔王らしい風貌《ふうぼう》の者も、魔王の前に跪いていた。

むしろ魔王からは強者の風格はあまり感じられないとも言えるだろう。

だが、魔王の体は超硬度の金属で覆われ、マグマの高熱や絶対零度の冷気すら寄せ付けないことを俺は知っている。

物理耐性も極めて高く、ある程度の傷であれば自己修復も可能。

俺は思わず解除するのも忘れていた魔道具の結界の中で、魔王を見上げながら呟いた。

「どうして異世界に、こんなものがあるんだ」

同時に浮かび上がる記憶と共に両手で頭を抱える。

「それに俺のこの記憶は一体なんなんだ……」

そうして俺がその場で立ち竦んでいると、背後から兵士が誰かを制止する声が聞こえてくる。

「おい、お前たち止まれ！」

「ドワーフ王国の者です。至急魔王様の件でお尋ねしたいことがありまして」

「どう見てもドワーフではなさそうだが……って、そっちも勝手に中に入るんじゃない」

「きゃーどこ触ってんのよ！」

「腕を掴んだだけだろ」

扉の前での騒ぎに、跪いていた重鎮たちが何事かと振り返っているが、俺にはそんなことを気にかける余裕もなかった。

そのまま夢遊病患者《むゆうびょうかんじゃ》のように、ふらふらとした足取りで玉座の魔王に向かって歩を進める。

「ここはボクたちが抑えてるから、先に行って！」

「トーアのこと頼んだよっ」

「はいっ」

間違いない。

あの魔王と呼ばれている者は、俺がいた元の世界の――日本が作ったマシンだ。

チェキが見た『ＭＰＰＲＤ』という名前は、このマシンのコードネームで、何故か俺はそれを知っていたのである。

たしかこの機体が作られた目的は――

「うぐっ……」

僅かに思い出した記憶。

それを手がかりに、もっとその先までを手繰《たぐ》ろうとした瞬間、頭に激しい痛みを感じて俺は蹲《うずくま》る。

「あれが元の世界で作られていたマシンだということは思い出した……なのにそれ以上のことは思い出せない……」

前世で、俺はたしかにあの機体を見た。

だがそんなものが剣と魔法の、この異世界にあるはずがない。

「もしかして俺が異世界転生したように、あの機体も異世界転移してきたのか？」

だとしたらあり得る。

異世界転生などという不可思議なことが起こっているのだ。

異世界転移があっても不思議ではないだろう。

「俺が異世界転生したせいで巻き込まれて転移してきたのか。それとも逆に俺の魂がアイツの異世界転移に巻き込まれたのか」

俺は自分が死んだときのことを思い出そうとした。

たしか俺が死んだのは二十二歳のときで、バイト帰りに突然倒れてそのまま死んだはず……

なのになぜだろう。

今、その俺の記憶には靄《もや》がかかっていて、はっきりと思い出せない。

「なんだよ。なんなんだよこれ！」

俺は頭を抱え叫んだ。

結界がなければ、部屋中の人たちが俺の方を注視したに違いない。

うっすらとかかった記憶の靄の向こう。

俺はその先に、誰かの姿を無意識に探していた。

「……っ」

誰を？

わからない。

「俺はいったい何を忘れているっ……誰を探しているんだっ」

痛みに耐えながらも俺は記憶の奥へ手を伸ばす。

もう少し。

もう少しで届きそうなんだ。

靄の向こう。

うっすらと人影が見える。

それは髪の長い少女のシルエットで。

「セ……レネ……」

セレネ。

それが記憶に浮かぶ少女の名前だと俺は確信した。

「セレネっ――ぐがぁっ」

俺はセレネの姿を思い出そうと、記憶の更に奥深くへ手を伸ばすが、同時に今までにないほどの激痛が俺を襲う。

「がぁぁあああっ」

あまりの痛みに、俺は吐きながらその場でのたうち回る。

しかしそんな俺の姿も叫びも誰にも届かない。

「トーアさんっ‼」

――そのとき、結界の外から飛び込んできたニッカ以外には。

「しっかりしてください！　今すぐに回復しますからっ‼」

結界には人避けの能力もあったはずだが、俺がここにいることを知っている彼女には効かなかったらしい。

「ニッカ……」

「はい、私がいればもう大丈夫ですからっ」

俺の体の中に温かい魔力が流れ込んでくるのを感じる。

これがニッカの再生魔法《リザレクション》か。

「ありが……とう」

ニッカの温かな魔力に包まれるように、俺の頭の痛みが薄まっていく。

だが同時に掴みかけていた少女の姿もまた消えて――

「お、おいっ、お前たちはどこからっ」

「うっ。こいつ吐いてるぞ」

「兵士を！　いや、救護係を呼べ‼」

どうやら魔道具の魔力が切れたようで、俺たちの姿が魔族に見つかった。

それと同時に、俺の意識も暖かな闇《やみ》の中へ沈んでいったのだった。

◆　◇　◆　◇　◆

「大丈夫ですか！」

俺の耳に悲鳴に似た声が響く。

その声に導かれるように俺の意識は浮上した。

「ん……ここは……」

「よかった。意識はあるみたい」

俺の顔を心配そうに覗き込んでいる女の子が、安心したような声を上げた。

誰だろう。見たことがない顔だ。

制服を着ているところを見ると高校生だろう。

たしかこの制服は、隣町の超進学校のものだったはずだ。

ぼんやりした頭でそんなことを考えながら、周囲にも目を向ける。

すっかり夜の帳《とばり》が下りた街を照らすのは、電柱に付いたＬＥＤだけ。

車通りも少ないベッドタウンの見慣れた裏路地だとわかった。

「ごめん。ちょっと寝不足で……」

「寝不足だからって道ばたで寝ないでよね！　心臓止まるかと思うくらいびっくりしたんだから！」

少女は俺の肩を支えて起こしつつ怒ったようにそう言って、泣き笑いの表情を浮かべる。

「でも無事で良かった……」

俺は少女に手伝ってもらいながら、ゆっくりと立ち上がる。

少しふらつくが、なんとか一人でも歩けそうだ。

それを確認して、俺は少女にもう一度頭を下げる。

「本当にごめんなさい」

「無事ならいいのよ。それよりほら、砂まみれじゃない」

ぱんぱんと少女が俺の服に付いた砂を払い落としてくれる。

まるで子供扱いだ。

たしかに俺は中三にしては背も低く、顔も童顔である。そのせいでよく同級生の女子からもからかわれたりもしていた。

だから高校生である少女から見ると俺は子供に思えたのかもしれない。

特に今は、塾帰りで私服だからというのもあるのだろう。

もしかしたら小学生くらいに勘違いされている可能性すらある。

「あ、あの。もういいです。貴女《あなた》の方が汚れちゃいますよ」

「子供がそんなこと気にしなくて良いの」

「お、俺こう見えても中三なんで！　子供じゃない……ですよ」

「えっ」

少女の手が止まる。

「ご、ごめんなさい」

少女は慌てたように俺の体から手を離す。

そして、わたわたと両手を忙《せわ》しなく振って、何か言い訳を考えているように目をキョロキョロとさせる。

「いえ。よく勘違いされるので気にしてません」

嘘である。

本当は、自分のこの低身長にも見た目の幼さにも、かなりのコンプレックスを持っている。

だけど倒れていた俺を助け起こしてくれた彼女に、これ以上気を遣わせるのは本意じゃない。

それに――

「俺、来年貴女が通っているその高校を受けるために必死に勉強してて……」

彼女の着ている制服は、まさに俺の第一志望の学校のものだったのだ。

「えっ。そうなんだ」

「はい。死ぬ気で勉強しないと受からないぞって先生から言われて……今も塾帰りで、急に眠くなっちゃって」

受験まであと二ヶ月もない。

焦りと不安に背中を押されて、俺は言葉通り寝る間も惜しんで毎日勉強を続けていた。

模試の結果は、それでも合格判定ギリギリ。

もっともっと勉強しないと、と焦って、焦りすぎて……

「それで本当に死んじゃったらどうするつもりなのよ！」

「……」

「それどころか試験本番に体調を崩して、それで実力を出せなかったら全てがおしまいになっちゃうのよ」

「でもまだ二ヶ月あるし……全てがおしまいになったわけじゃ……」

「なるところだったでしょ。冬にこんな所で寝てたら凍死《とうし》しちゃってもおかしくないんだから」

ぐうの音も出ないとはまさにこのことだ。

俺はうなだれて、ただ彼女の言葉を聞くしかなかった。

「あっ、ごめん。私、偉そうだったね」

「いえ、そんな。お姉さんの言っていることは正しいですから」

「お姉さん……ね」

彼女は何か考えるように首を傾げ、右手の指二本を立てて右頬に当てる。

後に知るが、それは彼女のクセのようなものだった。

「そうだ。君の名前、教えてくれるかな？」

しばらくして彼女は俺にそう尋ねる。

「――山崎……翔亜です。この近くの天崎《あまさき》中学に通ってます」

それから俺は、名前だけじゃなく、自分の家庭のことや将来の夢。それを叶《かな》えるために、どうしても有名進学校である彼女の学校へ通いたいのだと、聞かれてもないことを早口で喋《しゃべ》ってしまった。

それはきっと夜の闇の中。

誰もいない深夜に、ただ一つの灯りの下で出会った彼女があまりにも神秘的すぎて。

命を助けてもらったとか、憧《あこが》れの高校に通っている先輩だとか。

そんなことも合わさって、まるで女神のように思えたのかもしれない。

「あっ、ごめんなさい。俺のことばかり喋っちゃって」

我に返った俺は、あまりの気恥ずかしさに俯《うつむ》いてしまう。

だけどそんな俺に彼女は「気にしないで」と言って自分の胸に手を当て、今度は自分の番だとばかりにその名を告げた。

「私の名前は――」

そこまでだった。

突然周囲の音が消えて、俺は慌てて顔を上げる。

「えっ……」

いつの間にか俺の周りの景色が、暗く灯りの少ない街角から、真っ白な何もない空間に変わっていた。

それだけじゃない。

いた。

「お姉さん？」

直前まで俺の目の前で優しく笑ってくれていたはずの彼女の姿が、真っ黒な人影へと変わっていた。

「お姉さ……」

その口が、ゆっくりと開いて閉じてを繰り返し。

「わた……し……を……と……」

ただの黒い塊《かたまり》になって広がっていく彼女の口から、僅かに聞こえたのはそこまでだった。

「うわあああっ」

彼女だったはずの黒い闇が突然、俺を足元から呑《の》み込もうと迫ってくる。

「だ、誰かっ。誰かいないのか？　助けてくれぇっ！」

闇に呑み込まれた俺は必死に叫ぶ。

足から腰へ、腰から胸へ。

「嫌だ！　俺にはまだやりたいことが！　やり残したことがあ――」

そこまで口にしたところで、顔まで闇に呑み込まれてしまった。

必死に闇の外に出ようともがき伸ばした手は、ただ何もない宙を掴むだけで、やがてその手も闇に呑み込まれそうになったとき――

「ト……ア……トーア……さんっ」

「トーア！」

「しっかりしなよトーアっ」

俺の手を誰かの手が掴み、同時に誰かの――三人の仲間たちの声がたしかに届いたのだった。

◆　◇　◆　◇　◆

僅かに開いた瞼《まぶた》の隙間《すきま》から、光が差し込む。

俺はその光に目を慣らすように、ゆっくり目を開いた。

「夢……だったのか」

そう呟いたところで、俺の顔を心配そうに覗き込む少女たちの顔が映った。

ニッカ、グラッサ。そしてファウラ。

「トーアさん。私の声が聞こえますか？」

「あ、ああ。聞こえるよ」

心配そうなニッカに答えると、今度はグラッサが口を開く。

「良かった。さっきまで何度呼びかけてもまったく反応がなかったから」

「そうか。心配させてすまなかった」

「急に飛び出していっていきなり倒れてさ。ファウラと魔王様が取りなしてくれなかったら、あたしたち今頃は牢屋《ろうや》だったんだからね！」

「借りを返しただけなのじゃ。これで貸し借りなしじゃな」

目の端に涙を浮かべて怒るグラッサの横で、照れたように顔を背けるファウラ。

「ありがとうな、ファウラ」

上体を起こしながら、そんな彼女にお礼を言う。

「それと魔王様にも謝らないと……」

「魔王様には我から伝えておくから安心せぇ」

「いや……でも……あっ、そうか」

頭が徐々にはっきりしてきた。

ようやく倒れる前のことを思い出し、俺は『魔王様に謝罪をする』ことの無意味さに気が付いた。

気が付いてしまった。

「本当にありがとう」

「何度も礼を言われたら照れるのじゃ」

「いや、今のは魔王様への分さ」

「へ？」

俺の言葉の意味がわからなかったのだろう、きょとんとした表情のファウラに苦笑しながら、俺は今自分がいる場所がどこなのかを確認する。

どうやら、俺たちのために用意された例の部屋の寝室らしい。

だが部屋の中には、俺を含め四人の姿しかなく、一緒にいたはずのチェキがいない。

「ところでチェキはどこへ行ったんだ？」

そうニッカに尋ねる。

「彼女なら、ドワーフの皆さんの所へ魔王様が目覚めたことを報告に行きました」

「そっか」

俺はベッドに腰掛けるように足を下ろす。

そして改めて三人に向かって深く頭を下げた。

「皆に迷惑をかけてしまってすまない」

「それはもうわかったって」

「何度も謝られたら私たちの方が困っちゃいます」

「そうじゃぞ。それにお主のおかげで魔王様を目覚めさせることが出来たのじゃから、貸し借りなしじゃと言っておるじゃろ」

どうやらこれ以上謝っても、逆に彼女たちに負い目を感じさせるだけのようだ。

俺は後でチェキにだけ謝っておしまいにしようと決めて口を閉じた。

「あの……」

しばしの沈黙の後、ニッカが恐る恐るといった風に口を開く。

「ん？」

「あのときどうして突然走り出したのか、聞いても良いですか？」

「……ああ、玉座の間の前でのことか」

「はい」

あのとき俺は、もう少し冷静になるべきだった。

だけど突然思い出した記憶と繋《つな》がる魔王の正体を早く確認したくて、思わずニッカたちを置いて走り出すのを抑えきれなかったのだ。

「そのことなんだが。ファウラ、一つお願いがあるんだけど」

「なんじゃ？」

「一度だけでかまわない。魔王様と二人っきりで話をさせてもらえないだろうか？」

俺はファウラの目を見つめながら、そう頼み込んだのだった。


「やっぱりファウラの隠密《インビジブル》の方が楽ですね」

「あの結界魔道具は、本来は一人用だからしかたないだろ」

さすがにあれだけの騒ぎを起こしてしまった直後だ。まっとうな手続きで魔王との謁見は認められるはずはなかった。

なので魔王城に忍び込んだときと同様に、ファウラの隠密《インビジブル》で魔王の元へ向かうことになったのである。

「今回だけじゃぞ」

「わかってる」

先頭を行くのはファウラ。

その後ろをニッカが付いていき、最後尾は俺だ。

グラッサには部屋に残ってもらい、偽装工作とチェキへの連絡を任せてきた。

ニッカが付いてきたのは、また俺が倒れるかもしれないからという理由らしい。

「もうすぐじゃ」

向かう先は、ファウラだけが知っているという隠し通路。

それは彼女の私室にあるらしい。

「それにしても、そんな秘密の通路を私たちに教えていいんですか？」

「お主らなら信頼出来ると思ったからの」

ファウラはそう答えながら、廊下沿いにある一つの扉の前に立ち止まる。

そしてその扉に向けて小さな手をかざすと、カチャリ、と鍵《かぎ》が開く音がした。

魔法による認証鍵を使っていたのだろう。

「乙女の部屋の中じゃからな。じろじろ見ずに付いてくるのじゃぞ」

「わかってる」

ファウラの部屋は、魔王様専属侍女の部屋というにはそれほど広くはなかった……いや、むしろかなり狭い。

「スッキリした部屋だな」

「そうですね。家具も必要最低限しか置いてないみたい」

入ってすぐの広めの部屋には机と小さなソファーが置かれている。壁際には本棚や箪笥《たんす》のようなものはあるが、まるでミニマリストの部屋のように他には何もない。

部屋には、入ってきた入り口の他に三つ扉があった。

その先の部屋も、ここと大差ないのが想像出来る。

「こっちじゃ」

三つある扉のうち、一番右の扉へファウラは向かっていく。

どうやらそこが隠し通路のある部屋らしい。

「さっさと来るのじゃ」

「あっ、はい」

「ここにあるのか？」

その部屋は彼女の寝室らしく、壁際に小さめのベッドが一つ置いてあるだけだった。

まるで生活感が感じられない。

「シンプル……というか殺風景な部屋だな。本当にここで生活してるのか？」

「じろじろ見るなと言ったじゃろ」

「すまん。つい」

ファウラに怒られた俺は、それ以上詮索《せんさく》するのをやめる。

彼女は寝室のベッドの上に乗ると、先ほど部屋の外でやったのと同じように、今度は壁に向かってその手のひらをかざした。

「ひらけごま」

ファウラの口から出た言葉に、俺は思わず噴《ふ》き出しそうになった。

昔話じゃあるまいし「ひらけごま」はないだろ。

そもそも彼女はその言葉の意味を知っているのだろうか。いや、俺も詳しくは知らないけど。

スッ。

そんなことを考えていると、突然彼女の目の前の壁が消えた。

そう、文字通り消えたのである。

「えっ、えっ」

隣でニッカが狼狽《うろた》えた声を出す。

「今、壁が……」

「消えたな」

てっきり壁が横に開いて通路が現れるようなギミックでもあるのかと思っていた俺たちは、思わず顔を見合わせてお互いの驚いた表情を確認してしまう。

「何を呆けておるのじゃ、早《はよ》う付いてまいれ」

「お、おう」

「ベッドの上に乗って良いんでしょうか？」

「靴《くつ》のままでかまわんぞ」

縦横二メートルほどの、ぽっかり空いた壁の穴。

その中に飛び込むようにファウラの姿が消える。

慌てて彼女を追うようにベッドに上った俺たちは、その穴を覗き込む。

「階段ですね」

穴の向こうには下へ向かう階段があり、降りていくファウラの背が見えた。

「これが魔王様の所まで繋がっているってことですよね」

「だろうな」

ファウラを追って数メートルほど階段を降りると、今度はまっすぐ延びた石造りの通路に出る。

「ファウラはいつもこの道を使ってるのか？」

隠し通路を進みながら俺たちはファウラに話しかける。

「表から行くと色々と魔王様に取り次いでほしいだのなんだの声をかけられて面倒じゃからなぁ。かといって隠れたままでは扉は開けてもらえんしのう」

うんざりしたような声音《こわね》から、彼女が魔王専属侍女ということで無駄《むだ》に苦労することが多いのが察せた。

魔王に取り入るために、その専属侍女である彼女を籠絡《ろうらく》するのが手っ取り早いと考える輩《やから》も多いのだろう。

現に今俺たちは、その気はなかったとはいえ彼女のおかげで魔王に会うことが出来るのだし。

「それにしてもこの通路って、本当にしっかり作られてますね。魔法の灯りも自動で点くようになってますし」

「そうだな。後付けじゃなく城を作るときからちゃんと計画されて作られたのは確かだな」

通路は人が通るには十分広く、圧迫感もない。

特にファウラくらい背が低ければ尚更《なおさら》だ。

「魔王様の緊急脱出口……というには小さすぎますよね」

「……まぁ、あの『魔王様』が逃げる必要があるとも思えないけどな」

「ですよね。たしか今まで数多くの魔族と戦って、一度も負けたことがないんでしたっけ？」

多種多様で、それでいて個体としての力も強力な魔族という種族を束ねようとすれば、最終的に力で押さえつける必要もある。

しかも国として纏めようとするなら一対一の戦いばかりではなかっただろう。

俺でもルチマダほどではないにしても強い魔族を複数相手にするのはかなり難しいことだが、『魔王様』はそれをやり遂げたのだ。

その戦闘力を考えれば、彼が逃げるような事態が起こるわけがない。

「それでもこの世界の魔法なら無傷ってわけにもいかないはずなんだけどな」

俺は誰にも聞こえないようにそう呟く。

いくら魔王が俺の知っているＭＰＰＲＤだったとしても、この世界の魔法や魔物の力は強大だ。

なのにそれすら押さえ込むほどの力を、あの機械が持っているとは信じられない。

もしかしたら、異世界へたどり着いたときに、チート能力を手に入れたのかもしれないが……マシンでもそんなことはあり得るのだろうか。

「あそこの階段を上がれば玉座の裏じゃ」

考えを巡らせているうちに、どうやら目的地にたどり着いたらしい。

「まだ城内の混乱が完全に治まってはおらんのでな。謁見の時間はなるべく短くとの魔王様のお達しじゃ」

「わかってる。なるべく早く済ませるつもりだ」

一人で考えていても仕方がない。

ＭＰＰＲＤに何があったのか、どんな変化があったのか。

それはこれから俺が調べればわかることだ。

「行こう」

「はい」

俺はそう言うと、ファウラを追いかけてニッカと共に階段を駆け上った。

◆第二章◆

「少しここで待ってくれるかのう。先に魔王様に、お主らが到着したことを伝えた方が良いからの」

「頼む」

「よろしくお願いしますね」

階段を上った先は、小さな待合室のような部屋に繋がっていた。

扉らしきものがないその場所に一瞬戸惑いを覚えたが、ファウラが壁の一部に手をかざすことで、先ほどと同じようにぽっかりと壁に穴が開く仕組みだったようだ。

その穴から見える別の壁は、ファウラ曰《いわ》く玉座の背中らしい。

あの巨体が座る玉座なのだからその大きさは推して知るべし。

意識を失う前に見た『魔王様』の姿を思い出し、つい笑みを浮かべてしまった。

「？」

そんな俺を見て、ニッカが訝《いぶか》しげに首を傾げる。

これから怖い魔王様に会うというのに笑っている俺が不思議に思えたのだろう。

しかし俺はあの魔王の正体が元の世界に存在したマシンだと知っている。

『入ってきて良いぞ、トーアとやら』

聞こえてきたその声は、先ほどから聞き慣れた言葉遣いだ。

「行こうかニッカ」

「は、はいっ。緊張しますね」

「大丈夫。あの『魔王様』なら誰も捕《と》って食ったりはしないさ」

俺はファウラが開いた壁の穴から小部屋を出る。

見上げるほどの玉座の背のてっぺんから魔王の後頭部が見えて、俺は思わず噴き出しそうになるのを必死でこらえた。

「トーアさんっ」

「いや、ごめんごめん」

ニッカにたしなめられながら、玉座を回り込むように正面へ移動する。

どうやら今度は、先ほどのような頭痛に襲われる心配はなさそうだ。

「魔王様。謁見の許可をいただきありがとうございます」

魔王の前に片膝を突き、俺は貴族だった頃に学んだ作法で恭《うやうや》しく頭を下げる。

ニッカもそれに続くと、頭上から魔王の声が響く。

『うむ。して、我に何の用があって謁見を申し込んだのだ？』

俺は顔を上げるとその質問に率直に答えた。

「魔王様の正体が、俺が知っているものかどうかを確認するためですよ」

『……我の正体だと？　お前のような人間が何を知っておるというのだ』

一瞬の沈黙。

その後に放った声には、まだ動揺《どうよう》は見えない。

なので俺は続けて彼……いや、彼女に向かって決定的な言葉を放つ。

「俺にはもうわかってるんだファウラ。君が魔王様を操っているってことはさ」

『!?』

「ええっ!?」

魔王――ＭＰＰＲＤの外部スピーカーから、あからさまに動揺したような気配を感じたと同時に、激しく何かが落ちる音がした。

『な、な、な、何のことじゃ！　我は魔王ぞ。ファウラなどという侍女と一緒にするでないわっ！』

続いて必死な言葉がハウリングを起こす勢いで放たれた。

「じゃあ今からそこに行くから待ってろ」

『そ、そこ!?』

「トーアさん。魔王様がファウラさんってどういうことなんですか!?」

「後で説明するから付いてきてくれ」

俺は玉座に座っている魔王の右足に駆け寄る。

そしてその背面に回り込み、あるものを探した。

「あった。これだ」

「これって何なんです？」

そこには1から9までの数字が書かれたボタンが並んだパネルがついていた。

「魔王様の中に入る扉を開けるボタンさ」

「魔王様に扉があるんですか？」

信じられないという表情を浮かべるニッカの目の前で、俺は頭の中に浮かんだ数字を入力していく。

「えっと……2243119２っと」

そして最後の仕上げに、一つ離れた所にある赤いボタンを押す。

「ぽちっとな」

シュンッ。

微かに何かが動く音と共に、魔王の足に人一人が入れるほどの入り口が開いた。

俺自身、なぜそんなパスワードを知っているのかはわからない。

ただなんとなくわかると思った、それだけだ。

本当ならその記憶をもっと深く探るべきなのはわかっている。

だけどそんなことをするとまた倒れてしまうだろう。

なので今は記憶の奥底を覗こうとせず、一歩一歩記憶に導《みちび》かれるように進むしかないと俺は感じていた。

「わわっ。本当に入り口が出てきましたよっ」

「さて、ファウラに会いに行くぞ」

「この中にいるんですか？」

「俺の記憶が確かなら、な」

俺はニッカを導くように魔王の足の中に入る。

そこは大人が三人入れる程度しかない小さな部屋で、入り口以外に扉は見当たらない。

「えっと、操縦室は……これか」

俺は部屋の中にある、いくつか並んだボタンの一つを押す。

――シュンッ。

すると先ほどとは逆に、開いていた入り口が一瞬で閉まった。

狭い室内にニッカと二人閉じ込められた……わけではない。

「えっ……この部屋、動いてませんか？」

「これはエレベーターと言ってね。目的地まで自動で運んでくれる小部屋みたいなものなんだ」

「エレベーターですか。初めて聞きました」

「だろうね。俺もこの世界でこんなものにお目にかかるとは思わなかったよ」

「今度は横に動いてますっ」

一度上に上がったあと、今度は奥へ進む。

そしてまた上に進んで今度は右へ。

エレベーターと聞くと上下にしか動かないイメージがあるが、実際には上下だけでなく斜めや水平に移動するものもエレベーターである。

ＭＰＲＤの中のエレベーターは上下左右に張り巡らされたチューブ式の専用路の中を移動するタイプらしい。

エレベーターの中は四角い空間だが、外から見ると球体をしていて、関節が曲がったり伸びたりしていても問題なく中を移動することが出来るのだ。

「トーアさんはどうしてそんなことまで知ってるんですか？」

「……俺にもよくわからないんだ。ただ誰かに自慢げに教えられたような……うっ」

俺は頭の中に走った痛みに顔をしかめる。

これ以上深く思い出そうとすれば、また倒れてしまいそうだ。

「ごめんなさい」

「いや、気にしないでくれ。ただ今は思い出せないみたいだ」

俺はニッカの肩をぽんぽんと叩くと、無理に笑みを浮かべてみせた。

そうして俺たちがエレベーターで操縦室にたどり着いたとき、そこにファウラの姿は既になく、いくつかのモニターが魔王の周囲三六十度を映すのみとなっていた。

「……」

「いないな」

俺がファウラの姿を探している間、ニッカは自動ドアから数歩中に入ったところで操縦室の中を見つめたまま呆《ほう》けていた。

魔法という超常現象以外は中世近世の文明レベルだった世界の住人が、未来技術の塊みたいな場所に来たのだ。

彼女の脳内は見かけ以上に大混乱を起こしているだろうことは想像に難《かた》くない。

「ニッカ？」

「……」

声をかけてみるが反応がない。

視線が時々動いているところを見ると気絶はしていないようだが、これが現実だと受け入れるには少し時間が必要そうだな。

「とりあえずファウラを探すか」

仕方なく、記憶に従いつついくつかの装置を使って魔王の内部を探りファウラを探すことにした。

その確認の途中、この魔王の正式名称がわかった。

『Multipurpose pioneer planetary research device No.13』

直訳すると、『多目的開拓惑星調査装置　13号』となる。

「そういえば正式名称はそんなだっけ」

つまり『ＭＰＰＲＤ』というのはその正式名称の頭文字を繋げたものであった。

俺は記憶から自然に浮かび上がってきた情報を受け入れながらも、深く考えないように注意をしつつ整理する。

記憶の奥に手を伸ばしすぎて、また気絶したら大変なことになる。

名前からわかるように、こいつは地球外の惑星を開発する前に送り込むために作り出された装置である。

このシリーズの元となった装置は地球上で火山の中や深海など過酷な環境に投入され、様々なデータ収集に活躍した。

その結果――

「痛っ……」

「トーアさんっ⁉」

頭を押さえて蹲った俺の声を聞いて、やっとニッカが我に返ったらしい。

「大丈夫……だ」

突然走った頭痛に、俺は慌ててその記憶を追うのをやめる。

「溶岩にも深海の水圧にも耐えられるように作られているマシン。そんなものが異世界転移してきたら、この世界の魔法の攻撃くらいは撥《は》ねのけちまうか……」

いくら魔法が強力であったとしても、それは大自然の脅威に比べれば小さな力である。

その脅威にすら耐えられるように開発された魔王様が、魔族に負けるわけがない。

「さて、魔王の強さの要因がわかったところでファウラを探さないとな」

「探せるのですか？」

「ああ。俺の記憶が確かなら……っと、出てきた」

俺はコントロールパネルを操作し、居住スペースの一室に『生体反応』があることを確認する。

こいつは操縦席があるものの、無人で行動も可能な高機能AIも搭載している。

なので無人でも指示さえ与えておけば独自判断で行動し、必要なデータを収集して送信してくれるのだが——

「異世界に飛ばされたらどこにもデータを送る先はなさそうだよな」

もしかすると時空の狭間を越えて電波が伝わる可能性もなくはないだろうけど、受信した側が大混乱するだろう。

「さて、ファウラの部屋に行こうか」

「えっ。ファウラさんって魔王様の中にも部屋があるんですか!?」

俺たちはついさっき、城内にあるファウラの部屋を通ってきた。

しかしあの部屋には一切の生活感がなく、疑問に思ったのだが……MPPRDの存在が判明したことによって、理由がはっきりとした。

「ファウラはたぶん、いつもはこの魔王の中で暮らしてるんだろう」

そして必要なときだけ隠し通路を使って魔王城の部屋に移動して、何食わぬ顔で『魔王様専属侍女』として振る舞っていたに違いない。

「でも、こんな所に住めるのでしょうか？」

「居住スペースなら、長期間外に出なくても暮らしていけるように作られてたはずだ」

俺はそう答えつつ、入ってきた自動ドアから出てエレベーターへ向かった。

後ろからニッカが慌てて付いてくるのに歩調を合わせる。

そして彼女に居住スペースについて思い出したことを話しながら、エレベーターを操作して居住スペースがある魔王様の腹部の中心へ移動した。

その場所に居住スペースがあるのは、外壁《がいへき》……というか外殻《がいかく》から一番遠く安全だからだ。

「着いたぞ。ここだ」

開いたエレベーターの扉から続く一直線の通路。

その左右に、いくつかの扉が見える。

「どこがファウラさんの部屋なんでしょう」

「生態反応があったのは左の三番目だな」

俺はそう言いつつエレベーターを出て扉の前に進む。

そして横にある操作パネルをポチッと押すと――

シュンッ。

小さな音と同時に扉が開いた。

予想通り、特にパスワードは設定されてなかったようだ。

ファウラにしてみたら、魔王の中の部屋に鍵をかけるという概念がなかったに違いない。

「よう。来たぞ」

俺は扉の中に一歩足を踏み入れると、奥にあるベッドの上に座ってこちらを青い顔で見ているファウラに声をかけた。

「本当に入ってくるとはのう……」

「有言実行ってやつだな。それにしてもいい部屋じゃないか」

何もかも諦めたようなファウラの表情を見て、僅かに罪悪感を覚えながら俺は軽口を叩くことで空気を軽くしようと試みる。

だがどうやら効果は全くなかったようだ。

「もうダメじゃ。おしまいじゃぁ」

ファウラはベッドに飛び乗ると、そのままファンシーな柄の布団を頭から被ってブルブルと体を震わせた。

「ファウラちゃん、落ち着いて。私たちは別にファウラちゃんをどうこうしようってつもりはないのよ」

子羊のように震えるファウラに、ニッカは優しく声をかける。

幼子のような姿を見たせいだろう、いつの間にか呼び方が『ファウラさん』から『ファウラちゃん』に変わっている。

「そんなこと言っても信じられんのじゃ」

「大丈夫よ。トーアさんは少し目つきが悪いだけで、すっごく優しい人だから」

見かけだけなら幼女とお姉さんだが、たぶんファウラの方が年上だ。

だが今それを言う必要はないので、ニッカが彼女を宥《なだ》めてくれるのをしばし待つことにする。

それよりも俺って目つき悪かったのか。初めて知った。

この世界はあまり鏡とかないから気がつかなかった……それに辺境砦に放逐されてからはいちい

ち鏡を見てる余裕なんてなかったから尚更だ。

「あれは何人もの人を殺してきた目じゃぞ」

ファウラが布団の隙間から俺を指さしそんなことを言う。

手を汚すことについてはすっかり慣れたつもりではあったが、改めて見かけ幼女のファウラに言われると心に来るものがある。

それと、最近少し思い出してきた前世の記憶のせいもあって、そのことについて僅かに罪悪感を抱くようになってきたのも確かだ。

前世はたとえそれが悪人相手だろうと、人殺しが許される世界ではなかった。

「うーん、それは悪い人相手にだけだと思うよ。あと私たちを守ってくれるためとか」

うんうん、ニッカの言う通り、俺は善人には手は出さないぞ。

ただ降りかかる火の粉を振り払ってきただけだ。そうしないとこの世界では生きていけないからな。

「……ホントに？」

「本当よ。それにトーアさんは子供には絶対手を上げない……と思う」

そこは断言してくれ。

まぁいくら子供でも、限度を超えたら折檻《せっかん》はするが、な。

「ううっ……それじゃあトーアは、いったい何をするつもりでここまで来たのじゃ？」

布団から亀《かめ》のように顔だけ出したファウラが問いかけてくる。

俺は部屋の中にあった椅子をベッドの横まで持っていき、そこに座って彼女に答えた。

「俺の中の記憶を確かめるためだよ」

「記憶とな？」

きょとんとした顔で首を傾げるファウラ。

俺は一度ニッカの顔を見てから、なるべくファウラを怖がらせないように柔和な表情を心がけながら口を開いた。

「どうやら俺はこの『魔王様』のことを知っていたらしい」

「不可思議な言いようじゃの？」

「俺もまだ、なんで自分がそれを知っていたかはわかってないから、はっきり言えないんだ」

俺はチェキの能力については隠しながら、自分の頭に突然浮かんだ前世の記憶について話した。

自分には別世界の記憶があるということと、魔王様がその別の世界の機械――この世界で言うところの魔道具のようなものだということを。

「――こやつが違う世界の魔道具じゃと？」

「そういうこと」

科学がどうのとか話しても意味がない。

俺はなるべくファウラと、ついでにニッカにもわかりやすいように説明する。

といっても、別に詳しい仕組みまで教える必要はない。

今は、魔王様が異世界の魔道具で、それが過酷な環境を調査するために作られたものだということだけ伝われば良い。

すると——

「ひぐっ……」

話を聞き終えた途端、ファウラの瞳から涙が溢れて布団を濡《ぬ》らし始めた。

「えっ」

「ファウラちゃん？」

予想外の反応に、俺もニッカも戸惑うばかりだ。

「うぐっ……エムピピは魔族でたった一人だけの、私の親友だとっ……思ってたのにっ……魔族じゃなかったなんてっ」

嗚咽と共に、ファウラの悲しげな声が漏れる。

エムピピとは、このＭＰＰＲＤのことだろうか。

きっとＡＩから型名を聞かされたとき、彼女はそれが魔王の名前だと思ったのだろう。

そしてその言葉でわかった。

ファウラはずっと、魔王を自分と同じ魔族だと——そして親友だと信じてきたのだ。

その正体が同じ魔族ではなく、生物ですらない魔道具だと知ってしまった。

俺とニッカは、ベッドの上に蹲り泣き続けるファウラにかける言葉が見当たらず、彼女が泣き止むまで、ただ待つしかなかったのだった。

『――ファウラ。どうしましたか？』

ファウラの部屋で泣き続ける彼女の背中を見て、余計なことを言ってしまったと後悔に沈んでいたときだった。

突然、中性的な人の声がどこからともなく聞こえてきた。

いや、わかっている。

この部屋の隅にあるスピーカーからに違いない。

『心拍数が異常に上がってます。すぐに医療マシンを向かわせますか？』

声の主はＭＰＰＲＤことエムピピだ。

エムピピには、搭乗員《とうじょういん》の様子を様々なセンサーで常にチェックする機能がある。そして異常を察知した場合は当人にその旨を伝え対処を促すのだ。

しかも当人が返事も出来ない状況や緊急を要する場合は、自己判断でその場へ医療マシンを向かわせ、応急処置の後に医務室で治療を行うという機能もあった。

機械学習によって、未知の病にもある程度は対応出来るように作られていたはずだ。

『ファウラ。返事が出来ない状態でしょうか？　それでしたらただちに――』

「大丈夫じゃ……」

「ファウラちゃん⁉」

エムピピの声を聞いたおかげだろうか、彼女は真っ赤な目をして涙の痕が残る顔を上げると、鼻声でスピーカーに向かって答える。

「我は大丈夫じゃ、エムピピ。お主の正体を聞いて少し動揺しただけで、すぐに心の臓も落ち着くじゃろう」

『わかりました。ファウラの判断を尊重して、しばらく経過観察に留めることにします』

「うむ。それでももし治まらねば、そのときはいつぞやのときのように治してくれ」

『仰《おお》せのままに』

それっきりスピーカーからはエムピピの声は聞こえなくなった。ただ、言っていた通りセンサーでの監視は続けているに違いない。

俺は部屋にいくつか取り付けられているセンサーらしきものからファウラへと視線を移す。

するとファウラは俺を見て、ぺこりと頭を下げた。

「取り乱してすまなかったのじゃ」

「いや。全部俺が悪かった……もう少し考えて話すべきだったんだ」

「ファウラちゃん。お顔を拭《ふ》きましょうね」

ベッドに腰掛けてファウラの顔をハンカチで拭くニッカの姿は、まるで妹の世話をするお姉さんのようで、いつもと違って少し大人びて見える。

「ここって洗面所とタオルはありますか？」

「そこの扉の先が洗面所と風呂になっておる。タオルもそこにあるはずじゃ」

部屋の奥に二つ並んだ扉の一つを指さして、ファウラが答える。

たぶんハンカチを洗うためと、ファウラの顔を拭くためにタオルが必要だと思ったのだろう。

たしかにニッカの手にしているハンカチは、既にファウラの涙と鼻水でデロデロになっている。

あれでは綺麗に拭くことは出来まい。

「では、洗面所お借りしますね」

「隣は便所じゃから間違わぬようにな」

前世の記憶のある俺なら、便所の扉についている『便所』という漢字は読める。

だけどニッカにとってそれは未知の文字だ。

せめて英語であれば、この世界の文字と類似性が高いのでなんとなく意味はわかったかもしれない。しかし日本語ではさすがにニッカが読めるはずもない。

「この部屋、本当に何でもあるんですね」

「そうじゃぞ。あっちにはキッチンもあってな。昔はよくエムピピと一緒に魔物狩りをして、その肉を料理して食べたものじゃ」

「後で見せてもらって良いですか？」

「無論じゃ。中には『冷蔵庫』とかいう凄い魔道具も――」

そんなたわいもない話をしている間に、ファウラの表情からは先ほどまでの悲痛な色が和《やわ》らいでいく。

もしかすると、ニッカがさっきから洗面所に向かわずに話を続けているのも、それを狙《ねら》ってのことなのかもしれない。

『彼女はまるで聖女様のようだ』

そう言っていたのは、ニッカに治療してもらっていた獣人族の男だったか。

そのときは特に気にせず聞き流していたが、もしかすると彼女は俺が見ていないところで、傷ついた人たちの体だけでなく心も治療出来るのかもしれない。

「……」

だとすると、その会話に俺が混じるのも良くないだろう。

俺はそう考えて、部屋の中央に備え付けられているテーブルセットの椅子に腰掛ける。

机や椅子は床に固定されているので微妙に使いづらいが、ＭＰＰＲＤが動いたとき固定されてないと危険だから仕方がない。

「とは言っても、既にその意味はなさそうだけどな」

ニッカとファウラを見守りながら、俺は部屋の中を改めて確認する。

俺の記憶の中にある無機質な乗務員室と、この部屋では様相が全く違っていた。

というのも、元々備え付けで固定されている家具は見たこともない綺麗な布や小物で飾り付けされているからだ。おそらくファウラの手によるものだろう。

しかもその上には、買い集めてきたであろうガラス細工や謎のぬいぐるみが並んでいたりもする。

俺が座っているこの椅子にも座布団らしきものが敷かれていて、テーブルにはテーブルクロスがかかって無機質さを一切感じない作りにされていた。

「たぶんこの魔王城に住むようになってから飾り付けたんだろうな」

魔王は建国してこの魔王城を作った後は、ほぼ城から出たことがないという話だった。

「それが許されるほど魔族の国は平和だった……ってことでもあるか。だけど――」

その陰で、魔王様――ファウラの目を盗み、自らの欲望のために暗躍していた男のことを思い出し、俺は僅かに表情を歪《ゆが》める。

今まで平和で大きな問題もなかったこの国にとって、ルチマダがしでかしたことは建国以来最大の問題だ。

なにせドワーフやエルフと魔族との戦争に発展してもおかしくないほどの出来事である。

たとえ部下がしでかしたことであっても、その責任は王であるファウラの肩にのしかかってくることになる。

「俺も無関係とは言えないしな」

成り行き上、仕方がなかったとはいえ、この問題を表面化させたのは間違いなく俺だ。

もし魔王が今まで聞いていた通りの人物であったなら、後のことは任せて、これ以上関わるつもりはなかった。

だけどその正体を知ってしまった今は違う。

ここでファウラを見捨てて、以前の予定通り辺境砦に戻るなんてことが出来るわけがない。

「泣かせてしまったお詫《わ》びだ。俺がなんとかしてやるさ」

俺はすっかり元の明るい表情に戻ったファウラの顔を見ながら、そう決意し、拳《こぶし》を固く握りしめたのだった。

魔王の正体を知った翌日。

昨日はあの後、話し合いどころじゃないということで、各々の部屋に戻って休んだ俺たちだったが、今朝からグラッサ、チェキも含めてファウラの部屋に集まっていた。

今の議題は、エルフにどうやって事情を説明すればいいのか、というものだ。

ドワーフ王国で何があったのか、ファウラに一通り説明した後、エルフの国にも過去の話を伝える必要があるということになったのである。

ドワーフよりも遙《はる》かに閉鎖的な彼らがその話を聞いてどう動くか、考えるだけで頭が痛くなる。

沈黙の中、ファウラが難しい顔で口を開く。

「やはり我が魔族の長として誠心誠意謝るしかないと思うのじゃ」

たしかにエルドワ自治区が滅んだのは、魔族であるルチマダが暗躍していたからだ。

ファウラ――魔王が頭を下げるのが筋ではある。

「と言っても、エルフ側にも非がないわけじゃないからな」

そもそもルチマダが凶行《きょうこう》に及んだ理由は、エルフとドワーフが彼の村を襲い村人を全員殺したからだ。

その理由は、一部の魔族によってドワーフやエルフが被害を受けていたからだが、だからといって無関係の魔族まで正義の名の下《もと》に殺《あや》めていいはずがない。

「お互いの非を認めた上で次の段階へ進まないと、ずっと火種はくすぶることになる」

当時エルフとドワーフによって滅ぼされた魔族の集落は、一つではなかった。

ルチマダと共に行動していたのは、その生き残りたちがほとんどだったことが魔族側の取り調べで判明していた。

当時はまだ魔族が魔王という旗印を仰《あお》ぐ前で、それぞれの部族や集落が勝手に生活していた時代だったので、どれだけの住民が被害にあったのか正確な数はわからない。

だが、少なくない平和に暮らしていた魔族たちが命を落としたのは間違いないのだ。

「ドワーフの方はなんとか話がつきそうなんだよな？」

「うん。後のことはボクに全権を委ねるって王様が言ってくれたからね。そっちは任せてもらってかまわないよ」

チェキが元気よくそう言って自分の胸を叩く。

彼女が今回の事件の中心であることは確かだが、本来であればドワーフ王国側の責任者が対処すべき事態だと思うんだけどな……。

一応、ドワーフ王国から一緒に来た外交官が補佐役として細かな折衝《せっしょう》はこなしてくれてはいるが、チェキも……いや、彼女こそ今回の事件で一番の被害者だというのに。

「辛い役割を任せてしまってすまない」

「ううん。あれからボクも色々考えたんだ」

俺の言葉にチェキは小さく首を振ると、苦笑いのような表情を浮かべる。

「今でもルチマダのことは許せないよ。だけど、それってきっとルチマダがドワーフやエルフに対して抱いていた気持ちと似たようなものなんじゃないかなって」

「チェキ……」

ニッカがチェキの横に座ると、その肩を優しく抱き寄せる。

今にも泣き出しそうな彼女を放っておけなかったのだろう。

「貴女一人で全て背負う必要はないんだよ」

「そうよ。あたしたちもいるんだから、何でも頼ってよね」

ニッカに続いてグラッサも胸を叩く。

「うん……ありがと」

二人の言葉にチェキは腕で瞼を擦ると、笑顔で顔を上げた。

「まぁ、俺だって色々と役に立つと思うぞ。いざというときにはエルフ全員ぶちのめしてもいいし」

「なに言ってんのよ。アンタが暴れたら意味ないでしょうが」

「そうですよ。エルフさんたちと喧嘩《けんか》をするためにチェキはここに来たわけじゃないんですから」

良かれと思って言ったのに、グラッサとニッカに思いっきり怒られてしまった。

しかしたしかに二人の言う通りだ。

どうも辺境砦で育った俺は、何でも力で解決しようとしてしまう癖《くせ》がついている。

前世はどちらかというと暴力が苦手で、何でもかんでも話し合いで解決しようとしていた方だったはずなのに。

「二人とも落ち着いて。トーアだってボクのことを思って言ってくれてるんだからさ」

チェキの優しさが心に染みるな。

俺は思わずほろりと涙を流しそうになりながらも、ふとこの部屋にいるもう一人のことが気になって目を向けた。

「……」

最初の発言以降、黙ったままだったファウラ。

その瞳はニッカたち三人を見つめている。

「どうした？」

「チェキ殿が羨《うらや》ましいな」

その声音には、たしかに羨望《せんぼう》の色が混じっていた。

「我には友と呼べるような者はエムピピしかおらぬ故《ゆえ》な。そなたらのような、普通の友人関係というものに憧れがあるのじゃ」

たしかにエムピピは彼女の友人と言える存在だ。

だがそれはＡＩが彼女をマスターだと認識しているだけに過ぎない。

あれはあくまでも機械であり、生き物ですらない。

彼女に対する行動も言動も、プログラミングされたＡＩの『反応』でしかないのだ。

彼女自身も、心の奥ではそのことに気が付いているのではなかろうか。

だからこそ三人の関係を羨ましく感じているに違いない。

「馬鹿だな」

「なんじゃと」

「もう俺たちはお前の友達じゃなかったのか？」

俺はわざと大袈裟《おおげさ》な身振りでガッカリした風を装う。

すると、その声が聞こえたのだろう三人娘が立ち上がると、そのままファウラを取り囲んだ。

「な、なんじゃっ」

「そっか。ファウラはあたしたちの友達になりたいんだ？」

「私はもう友達だと思ってたんだけど」

「やっぱりあの儀式をやるしかないってことよね」

グラッサとニッカがそんなことを言いながら目配せする。

「儀式って……二人ともあれをやるつもりなんだね」

そんな二人を見て、なぜかチェキが自分の体を両手で抱くようにしながら数歩後ろに下がる。

グラッサが妙な笑みを浮かべて、両手をワキワキとさせながらファウラににじり寄っていく。

「捕まえたっ」

「何をする気じゃーっ」

素早くファウラの背後に回り込み、その両脇に手を差し込んで持ち上げるニッカの動きは、いつものどんくさい彼女のものとは違い洗練されたものだった。

「こちょこちょこちょこちょ」

「あひゃあああ」

「こちょこちょこちょ」

「うひゃおぅぅ。くすぐったいのじゃー」

ニッカに羽交《はが》い絞《じ》めにされ、無防備に晒《さら》されたファウラの脇腹にグラッサの指が躍る。

手慣れたその動きは、確実にファウラの弱点を突いているのか、すぐに彼女は息も絶え絶えにへたり込んでしまった。

「どう？　あたしの指技は」

「ひーっ、ふーっ、息が出来なかったのじゃ」

「ごめんねファウラちゃん」

やっと落ち着いてきたファウラを椅子に座り直させながら、ニッカが謝る。

そんな彼女たちを見ながら、チェキが楽しそうに笑う。

「あはは。ファウラもこれで友達だね」

「どういう意味じゃ？」

「ボクも前に、ファウラと同じ目に遭ったことがあってね。もちろんボクはすぐにやり返したけど」

俺の知らない間にチェキも二人にこんなことをやられていたらしい。

ファウラは見かけが子供だから、小さな子と遊んでいるお姉ちゃんという風にしか見えなかったんだけど……相手がチェキなら、その光景はかなり百合百合《ゆりゆり》しいことになっていたのではなかろうか。

しかもボーイッシュに着飾っている少年のような彼女と二人の少女がくすぐり合っている風景は、想像するだけで『ありがとうございます』と口にしてしまいそうなものだったに違いない。

どうして俺はその場にいなかったのか。

「くっ……」

悔やんでも悔やみきれない。

俺が悔しがっていると、何かを勘違いしたのかグラッサが得意げにしていた。

「ふふん。これが私たちの友達の儀式なのよ」

「私も村で仲良くなったときにやられたんだよね」

腰に手を当てて胸を張るグラッサの横で呆《あき》れた表情のニッカが笑う。

その隣で、呆然《ぼうぜん》とファウラが呟く。

「友達の儀式とな」

「うん。だからこれでもう私たちは友達だよ」

「それは真か?」

信じられないといった表情で俺たちの顔を見回すファウラに、ニッカたちは大きく頷いて答える。

そして——

「でも一方的にやられるだけじゃ本当の友達とは言えないかもしれないから」

「えっ、ちょっ」

それまで少し離れた所で見ていたはずのチェキが、いつの間にかグラッサの後ろに回り込み彼女を羽交い絞めにする。

「ファウラもお返ししてあげるべきだよね」

「私も手伝ってあげる」

「いやっ、ちょっとまって。あたし脇腹は弱いのよっ」

今度はグラッサがファウラとニッカのくすぐり攻撃を受ける番だった。

「ごめん。ごめんってば！　駄目だって、駄目ーっ」

「友達の儀式なのじゃろ？　素直に受け入れよ！」

「ファウラちゃん。グラッサの弱い所はこの辺りだよ」

「ニッカの裏切り者ぉっ」

「後でボクにもくすぐらせてほしいな」

「きゃはははははっ。死ぬっ、死んじゃうっ」

ヴォルガ帝国屈指の立派な応接室に、女の子たちの嬌声《きょうせい》が響き渡る。

楽しそうに戯《たわむ》れる姿には、身分差やわだかまりは一切感じられない。

「友達……か」

俺には今、友達と呼べる者はいない。

辺境砦では沢山の人たちの中にいたけれど、そこに友達と呼べる者は――

俺は過去に思いを馳《は》せながら、テーブルの上の冷めたお茶を喉に流し込んだのだった。

すっかりはしゃぎ疲れたのか、床に横たわる四人のうら若き娘たち。

——ピピピッ。ピピピッ。

その内の一人から、そんな音が聞こえてきた。

「なんだ？」

「うにゅぅ……エムピピが呼んでる……」

ゆっくりと体を起こし、腰から何やら小さな箱状の物を取り出したのはファウラだ。

どうやらそれは小型通信機だったようで、彼女はその表面に浮かんだ模様に目を走らせ——突然大きな声を出した。

「なんじゃと！」

「えっ！　何かあった？」

「ひゃっ」

「どうしたの！」

いまだにうつろな目で倒れていた三人娘が驚いて飛び起きる。

「今、エムピピから『エルフの外交官が急にやってきて謁見を求めてきた』と連絡が来たのじゃ」

「エルフって、まだ例の件は通達してないよな？」

「もちろんじゃ」

だとすると、ルチマダの件とは別件で来たということになる。

「……エルフはよく来るのか？」

「我の知る限り、ヴォルガ帝国を建国してから今まで一度もないはずじゃ」

「一度も？　それはそれで異常だな」

「あやつらはごく一部の者どもを除けば、他種族など獣《けもの》と同じじゃと思っておる輩ばかりじゃからな。こちらから使者を送ることはあっても、あちらからの返事もこちらが聞きに行かねば返してこん」

前々からエルフ族は話が通じないと思っていたが、そこまでのコミュ障だったとは。

「となると、今回謁見を求めてきたというのはよほどのことなんだな」

「じゃあさ。急いでエムピピの所に戻ったほうがいいんじゃない？」

もしかしたら、ルチマダのことが俺たちの知らぬルートでエルフたちに伝わった可能性はある。

その抗議のためにエルフの国から使者がやってきた……と考えるのが自然だろう。

「そうじゃな。エムピピが我を呼ぶということは、我の判断が必要なほどの案件ということじゃし」

今日の話し合いでファウラから聞いたことだが、魔王としての業務はエムピピのＡＩが独自に判断して行っているんだとか。

そしてその中でも、重要案件だけはファウラと協議して決めることになっているらしい。

なのでいつもならファウラがいなくても、エムピピだけで国の重鎮の相手は出来るようになっているのだ。

ちなみに、先日の魔王が崩御したという誤報の騒動だが……エムピピがメンテナンスモードに入ってしまったせいで起こった。

いつもであればメンテナンスモードに入るときは用心して人の出入りを禁止し、扉を固く閉じるのだが、ファウラがたまたまそれを忘れてしまったのだ。しかも、戻ってくるのが予定より遅くなってしまった不幸も重なって、あんな大ごとになってしまったというのが事の顛末だった。

「だったら急いで行ったほうが良い」

ともかく、俺はファウラを促す。

「わかっておる。とりあえずエムピピには時間を稼《かせ》いでおいてもらうのじゃ」

ファウラは手にした通信装置を操作してからポケットに仕舞い込む。

そして部屋の隠し扉に向かって数歩進むと振り返った。

「トーア。お願いがあるのじゃが」

「なんだ？」

「一緒に付いてきてはくれまいか？」

「は？」

さすがにそのお願いは予想外だった。

「俺はヴォルガ帝国の関係者じゃないんだぞ。そんな部外者が外交の場に立ち会うわけにはいかないだろ」

「そ、それはそうなのじゃが」

しかも今の俺の立場は、部外者どころかエルフ族にとっては宿敵であるドワーフ族側の使者のお供である。

もしエルフ族の目的がドワーフ族にとって不利益なものであった場合、それを俺が知るのは色々な意味で駄目だと思う。

「我はエルフ族というものがよくわからぬのじゃ」

「俺だってわからないぞ」

この世界に生まれ変わって、エルフが実在すると知ったときは嬉《うれ》しくて飛び上がったものだ。

だがこの世界のエルフは人間族と敵対している存在だと知り、更に辺境砦で実際に彼らと戦うようになってからは、なるべくエルフとは関わり合いになりたくないと思うようになっていった。

「じゃがトーアにはエルフの師匠がいるとニッカから聞いたぞ」

ニッカめ、余計なことを。

「たしかに俺にはレントレットっていうエルフの師匠がいるけど、あの人はエルフ族の中でも特殊すぎるからなぁ」

辺境砦で薬剤師をしているレントレットからは、様々な薬の調合方法を教えてもらった。

俺が密かにハーブエルフと呼んでいる彼女の知識は、俺が知る限り、この世界でもトップクラスである。

砦を旅立つときに彼女から餞別《せんべつ》としてもらった各種ポーションは、巷《ちまた》に流通しているものとは比べものにならないほどの効果のものばかりで、どれか一つでも売れば一財産になるくらいだ。

もちろんそんなものを売れば、後々面倒に巻き込まれかねないので売ることはしないが。

ファウラは俺の反応に、不思議そうに首を傾げる。

「特殊でも何でもエルフなのじゃろ？」

「そうなんだが、あの人はそもそもランドリエールを出て長いらしいから、今のエルフ族と一緒だと思わないほうがいい」

エルフの森の中にある彼らの国ランドリエール。

幻惑魔法《げんわくまほう》によってエルフとエルフが許可した者以外を拒む難攻不落な森の奥に位置していると言われているが……その全貌は誰も知らない。

なぜなら国の中枢部まで、ランドリエールのエルフ以外が入ったことがないからである。

他国の外交官であろうとも、立ち入ることが出来るのはその手前に作られた迎賓館《げいひんかん》までである。

しかも聞いた話によると迎賓館という言葉から想像する豪華さは一切なく、必要最低限の機能しか有していないらしい。

更にそんな場所ですら滞在が許されるのは二日までで、その間に用件を済ませられなければ、森の外に文字通り放り出されるとか。

「とにかくじゃ。我よりはエルフと交流経験があるのじゃから問題なかろう」

「大アリだ」

ピピピッ。

ピピピッーーーーー。

ファウラのポケットからまた呼び出し音が鳴る。

しかし今度の音は先ほどより大きく長い。

「わわわっ。エムピピが急げと言っておるのじゃ！　四の五の言わずに付いてまいれ！」

ぐいっと俺の袖《そで》をつかみ、隠し通路へ引っ張るファウラの顔には焦りが見える。

どうやら、先ほどの呼び出し音はかなり緊急を知らせるものだったようだ。

「わかった。わかったよ。すぐ行くから先に行って待っててくれ」

しかたなく俺はニッカたちに「行ってくる」と言い残すと、ファウラの背を追って隠し通路へ飛び込んだのだった。


「いつまで待たせる気だ」

エムピピに乗り込むために謁見の間に入った途端、俺の耳にそんな声が飛び込んで来た。

「我ら女神の使徒たるエルフを待たせるなど、許されざる行為だと知れ」

エムピピの姿を隠すように吊《つ》り下げられている緞帳《どんちょう》の向こうから響く、甲高《かんだか》い男の声。

その主はやはり、謁見に訪れたというエルフのようだった。

そんな彼を、謁見のままで案内してきたらしき魔族の男が宥める。

「今しばらく、しばらくお待ちくださいラステル様」

「ええい！　貴様ら薄汚い魔族ごときが、私の名を口にするな！」

「薄汚い……ですと」

魔族の男の声が冷え込む。

「ふんっ。女神様の寵愛《ちょうあい》も受けられず、北の地に打ち捨てられた劣等種のくせに。プライドだけは一人前のようだな」

エルフという種族の高慢さは、辺境砦で嫌と言うほど味わってきた。

だがこのラステルという男はそれに輪をかけて危険な香りがする。

「ファウラ、急ごう」

「じゃな」

緞帳の向こうから伝わってくる気配が変わった。

あれほどのことを言われたら仕方がないとはいえ、この場で刃傷沙汰《にんじょうざた》でも起これば大変なことになる。

俺たちはすぐにエムピピの中に入り、エレベーターに飛び乗る。

そして操縦室に着くなり、飛び乗るようにしてファウラが操縦席に座った。

「よし、準備完了じゃ。エムピピ、いつものように頼むぞよ」

『リョウカイ……外部スピーカーオン』

微かな振動音と共に、ファウラの前のランプが緑に光る。

『待たせたな、客人よ』

そのランプに向かってファウラが言葉を発する。

俺の記憶だと、ＭＰＲＤの操縦室集音システムは部屋のそこかしこに数多く備え付けられていて、どこを向いて喋ってもいいはずだ。

そんなマイクを通した声は、俺たちが初めて魔王と会ったときと同じ渋く深みのある声に変換され、エムピピの外に届いていた。ボイスチェンジャーの機能もあるとは恐れ入る。

その魔王の言葉と、共に緞帳が上がっていく。

「やっとお出ましですか」

『待たせてすまなかったな、エルフの使者よ』

エムピピがエルフの姿をアップで脇のモニターに表示する。

端整《たんせい》な顔立ちと長い耳。細身で百九十センチくらいはあるだろう長身。

そして端整な顔に浮かぶのは、自分たち以外を見下したような尊大な表情。

まさに俺の知るエルフそのものだ。

「こうして見ると、猫を被ってたときのテオのほうがまだマシだな……」

俺は王都で殺そうとしてきたエルフのテオのことを思い出して、マイクに入らないくらいの小声で呟く。

辺境砦での経験がなければ、ヤツの仮面に気付くのは難しかったかもしれない。

そんなテオに比べると、このラステルというエルフの表情は読みやすい。

……というより、この場で猫を被る必要がないと思っているんだろうな。

『早速であるが、此度《こたび》の訪問。その理由を聞かせてもらえるか？』

「単刀直入に言わせてもらいましょう。貴方たち魔族に、忌々《いまいま》しき人間族が作り上げた女神の檻《おり》を破壊する栄誉のおこぼれを与えてやれと、女神セレーネ様より神託《しんたく》を授かりました」

『女神の檻とな？　そんなものは知らぬ。それに、なぜ我ら魔族が貴殿らエルフに従わねばならぬのだ？』

まるで自分たちの決めたことに他種族は従って当然と言わんばかりだ。

あまりに一方的な物言いに、ファウラの額に皺《しわ》が寄る。

「我らエルフ族は、この世の創造主たる女神セレーネ様より唯一神託を与えられし種族なのですよ。つまり我らの言葉は、創造主様の言葉と等しいと考えてもらいましょう」

『まるで女神とお主らが同格のように聞こえるが？』

「我々の言葉は女神の言葉と同じ——そう思ってもらって結構」

魔王の顔を見上げながら、ラステルはそう言い切る。

そんな彼を見て、辺境砦にいる頃から不思議に思っていたことを思い出した。

なぜエルフどもは自分たちが女神より選ばれし者だと思っているのか。

魔の森から魔物が溢れ出すのを防ぎ続けている辺境砦を、なぜあれほど破壊しようとするのか。

それが『女神の神託』であることは、何度も訪れてきたエルフの使者から聞いてはいた。

だがその神託とやらが本物かどうかの証拠は一切示されたことはないのだ。

『そも、女神の神託とはどういったものなのか？　果たしてそれは信じるに値するものであるのか？』

ファウラが当然の疑問を返したのだが、それは悪手だったようだ。

「木偶《でく》の分際で何様のつもりなんですかね——」

こちらを見上げるラステルの表情が歪む。

その目はまるで道ばたに落ちているゴミを見るようで、とてもではないが一国の王に向けるような眼差《まなざ》しではない。

「いいでしょう。お前たちのような下賤《げせん》な種族にはもったいないですが……」

しかしその表情をラステルは僅かの間に消す。

「我々エルフ族がなぜ女神セレーネ様の使徒であるのかをお教えしましょう」

先ほどまでの尊大で自信に満ちた表情に塗り替えると、大きく手を広げる。

そしてエルフという種族が女神セレーネより受けた神託について、朗々《ろうろう》と語り出したのだった。

◆◇◆◇◆

エルフ族が初めて女神の神託を授かったのは数百年前のこと。

エルフたちが住む森の奥深くに、空からそれは落ちてきた。

最初エルフたちは、それが何かわからなかった。

エルフたちはそれを調べようとしたが、彼らの知識の中にそれと合致するものは何もなく、月日だけが過ぎていった。

そんなある日、一人の青年がその声に気が付いた。

『女神の声がする』

青年はそう呟くと、それに手を触れた。

と、同時。

今までエルフたちが何をしても微動だにしなかったそれが震えたかと思うと、側面に人一人が通れるほどの穴が開いたのである。

『中へお入りなさい』

今度は青年だけでなく、騒ぎを聞きつけて集まったエルフの研究者たちの耳にも、その声がはっきり聞こえた。

エルフたちはその声に導かれるように中へ入る。

無機質な金属の壁が続く通路。

その最奥の小部屋には、彼らが初めて見るような景色が広がっていた。

『私は女神セレーネ』

不思議な光で溢れた最奥の部屋。

後に『アールヴァリム』と呼ばれるようになる台座の上に置かれた球体から、その声は放たれていた。

『貴方たちに神の英知を授けましょう』

それが女神とエルフ族の初めての邂逅《かいこう》だった。

『そうですね、まずは――』

そんな前置きで与えられたいくつもの神託は、エルフ族に恩恵を授け、やがてそれは『神の方《はこ》しかない。


舟《ぶね》』と呼ばれるようになった。

『貴方たちの住むこの森を、下賤《げせん》な者どもより守る術《すべ》を教えてあげますね』

当時のエルフ族は、今では考えられないほど貧弱で弱小な種族だった。

彼らが森の奥に住むようになったのは好き好んでのことではなく、他種族に追いやられた結果でしかない。

しかしその日から、その歴史は変わった。

女神の神託を初めて受け取った青年は王になり、神の知恵を得る術《すべ》を手に入れる。

そうして魔法の真理を知り世代を重ね、やがて強大な魔法を操る種族へと進化した頃だった。

——彼らは女神より、重大な神託を授かることになる。

『既に貴方たちは、この世界に住まう全ての種族の頂点に立つほどの種族へ進化しました』

その神託を授かったのは、ランドロスという男だった。

彼は王として即位したばかりの若きエルフで、女神の言葉を授かる栄誉を与えられていた。

『女神の使徒たる貴方たちに命じます。私を裏切り者の十神《とがみ》から救い出してください』

この世界で一般に知られている創世神話は、当然エルフたちの間にも伝わっていた。

創生の女神セレーネは、自らが生み出した世界に生まれた者たちを疎《うと》んじ、全てを消し去ろうとし、それを咎《とが》めた十神によって永久の眠りについたのだと。

だが女神の声は告げる。

十神が自らの欲望によって引き起こした裏切りを、まるで自分たちが正義であると思わせるため

ALPHAPOLIS
WEB CITY SINCE 2000

A L P H A P O L I S

アルファポリス

アルファポリスの人気作品を一挙紹介!

召喚・トリップ系

こっちの都合なんてお構いなし!?
突然見知らぬ世界に呼び出された
主人公たちが悪戦苦闘しつつも
成長していく作品。

THE NEW GATE

風波しのぎ

既刊21巻

大人気 VRMMO-RPG「THE NEW GATE」で発生したログアウト不能のデスゲームは、最強プレイヤー・シンの活躍により、解放のときを迎えようとしていた。しかし、最後のモンスターを討ち果たした直後、シンは現実と化した 500 年後のゲーム世界へ強制転移させられてしまう。デスゲームから“リアル異世界”へ——伝説の剣士となった青年が、再び戦場に舞い降りる!

いずれ最強の錬金術師?

小狐丸

異世界召喚に巻き込まれたタクミ。不憫すぎる…と女神から生産系スキルをもらえることに!!地味な生産職と思っていたら、可能性を秘めた最強(?)の錬金術スキルだった!!

既刊14巻

装備製作系チートで異世界を自由に生きていきます

tera

異世界召喚に巻き込まれたトウジ。ゲームスキルをフル活用して、かわいいモンスター達と気ままに生産暮らし!?

既刊10巻

余りモノ異世界人の自由生活

藤森フクロウ

シンは転移した先がヤバイ国家と早々に判断し、国外脱出を敢行。他国の山村でスローライフを満喫していたが、ある貴人と出会い生活に変化が!?

既刊5巻

種族【半神】な俺は異世界でも普通に暮らしたい

穂高稲穂

激レア種族になって異世界に招待された玲真。チート仕様のスマホを手に冒険者として活動を始めるが、種族がバレて騒ぎになってしまい…!?

既刊4巻

定価:各1320円⑩

に作り上げた偽りの歴史、それが創世神話なのだと。

『彼らは私に取って代わり、この世界の神となるために、私を神の方舟へ封じたのです』

神の方舟。

創生の時代、命芽生えぬこの世界に降り立った神の船。

数え切れないほどの命を芽吹《めぶ》かせる種子を運んできたその船は、この世界を命で満たした後に女神と共に眠りについた。

エルフ族に伝わる創生神話には、そう語られている。

しかしそれは真実であり偽りでもあると、女神は告げた。

『私と方舟を眠りにつかせたのは、世界を守るためではありません。自分たちに都合の良い世界を作り上げたい十神にとって、創造神たる私の存在が邪魔だったからに過ぎないのです』

創生神話の真実。

それは王の座を受け継いで間もないランドロスにとって衝撃的なものだった。

女神のもたらす英知によって救われ進化した彼らにとって、女神の言葉は全て真実であり、疑うなどということはあり得ない。

ランドロスはしばしの沈黙の後に女神に問う。

囚われの女神を救う術《すべ》はあるのかと。

『十神の封印は永劫《えいごう》とも思える時を経て弱まり、最後の一つを除いて破ることができました。私が貴方たちに声を届けることが出来るようになったのがその証左です』

しかし十神の施した最後の封印は未だ健在。

女神はその最後の封印さえ解かれれば解放され、逆に十神を封じることが出来ると語る。

『これから私は、貴方たち神の使徒が成すべき使命を——神託として授けます。心して聞くように』

ランドロスはアールヴァリムから響く神々しい言葉に、背筋を正し耳を傾ける。

エルフ族が神に選ばれた真意。

女神に救われた我らが、その恩を返すときが来たのだと彼は悟った。

『私の愛するエルフの子らよ。母なる女神セレーネの名において命じます——私を十神の封印から解放し、世界をあるべき姿へ導きなさい』

◆◇◆◇◆

「これで我らエルフ族が女神の使徒であることは、貴方たち劣等種にも理解出来たでしょう？」

尊大に胸を張り、魔王を見上げるラステル。

その表情は、自分たちが唯一創生の女神に選ばれたという自信に満ちあふれていた。

たしかに彼が今語ったことが事実であるなら、エルフ族が今まで他種族に対して排他的だった理由は理解出来る。

自分たち以外の種族は女神に選ばれなかった劣等種で、女神の使徒である自分たちの下につくならまだしも、五分《ごぶ》の関係を築こうなどとはおこがましいとでも思っていたのだろう。

そんな態度を取られた側からすれば、エルフ族は高慢で排他的にしか見えない。

もっとも、俺の師匠を始めとして、違う場所で暮らしていたエルフは全くそんなことはない。

特に今はもうないエルドワ自治区はその代表だ。

「魔王よ。もう一度問います」

ラステルは口元に尊大な笑みを貼《は》り付けたまま続ける。

「我らが慈悲《じひ》深き女神様の言葉を聞き入れ、女神の自由を奪い、世界を歪めている『女神の檻』の破壊のため我らの指揮下に入る栄誉を授かる気になりましたか？」

『魔族をエルフの指揮下に……だと？』

ファウラの声音に怒りが混じる。

彼女自身は優しい娘だ。

だがエムピピの力を借りたとはいえ、混沌《こんとん》として争いの絶えなかった魔族領を平定した、紛れもない女帝なのである。

『そのような要求。我が呑むとでも？』

謁見の間に響くその声を聞けば、大抵の者たちは震え上がるに違いない。

エムピピのボイスチェンジャーを通した声。

おそらく、聞いた者に恐怖と畏敬を感じさせる細工を起動したのだろう。

俺ですら、目の前で可愛らしいファウラが喋っているという事実を知らなければ、冷や汗くらい垂らしていたかもしれない。

「つまり、女神の言葉を聞くつもりはないということでしょうか？」

しかしその声を浴びせかけられた当人には、全く効き目がなかったようだ。

ラステルは一切態度を改めるそぶりもなく、まるで俺たちを——いや、魔王を哀れな者を見るかのような目で見上げる。

「まぁ、良いでしょう」

そして小さく首を振ると、ラステルは引き下がる。

ここまでの彼の態度や行動からするともっと食い下がると思ったのだが……想像出来ないくらいあっさりとしたものだった。

『ほう。潔《いさぎよ》いな』

「これ以上、下等種どもと無駄な交渉を長々と続ける気はないのでね」

ラステルは魔王に背を向け歩き始め、謁見の間の出口の扉を開く。

「女神様の願いを無下に断ったこと、後悔しないように」

外で待っていた彼の従者と少し会話をした後、そう捨て台詞だけを残して扉の向こうへ消えていったのだった。


「——どう思う？」

「あからさまに怪しかったのじゃ」

エルフとの会見の後、ファウラはヴォルガ帝国の高官たちを集め報告を行っていた。

俺とニッカ、グラッサ、チェキも、人間とドワーフの意見を参考にしたいということで同席している。

ちなみに、ラステルの言葉そのままを伝えたわけではない。

そんなことをしたら、気性の荒い魔族が先走る可能性があるからだ。

ファウラですらラステルが退室した後、エムピピの中で大暴れしていたくらいなのだから。

「いくら女神の神託を受けたと言っても、あの態度は誰がどう見ても本気で我らの助力を欲しがってるとは思えんのじゃ」

「だろうな。だとしたらヤツが魔王に謁見を申し込んだ理由は他にあるはずだ。何か思いつくことはあるか？」

俺は部屋に居並ぶ面々を見回す。

「えっと……わからないです」

「あたしもさっぱり思いつかない」

「敵情視察……とか？　あ、でもエルフ族って今は魔族と敵対していないから違うよね」

ニッカ、グラッサ、チェキが揃って首を横に振る。

さすがにこの三人に答えを求めるのは酷だったか。

「俺は辺境砦で、エルフと何度も戦ったことがある」

辺境砦に俺がいた頃、時々起こる戦闘の相手のほとんどは魔の森から溢れ出ようとする魔物たちだった。

あの森の魔物たちは強力ではあったが、砦の戦士たちのおかげで、軽微な損害でいつも食い止めていたのだ。

しかしエルフは違った。

砦を落とそうと攻め込んでくる度に、あの手この手と策を弄《ろう》してきたため、内部に侵入され何人もの死者を出したこともある。

それほど奴らは狡猾《こうかつ》で、一人一人の戦闘力も高いのだ。当時の俺が危うく殺されかけたこともあったくらいに。

それを説明すると、ニッカが不安そうに口を開く。

「トーアさんでも勝てなかったんですか？」

心配そうなニッカに、俺は笑顔で返す。

「数年前のことだからね。今だったら、同時に五人くらいまでなら相手に出来る自信はあるよ」

「五人って。あたしもあまりエルフのことは知らないけど、滅茶苦茶強力な魔法を使うんでしょ？」

グラッサが驚いた表情でそんなことを言う。

「強力な魔法って言っても、奴らの使える魔法の種類は少ないから、どうとでも対処出来る」

ジャンケンのように、魔法にも相性はある。

火は水に弱く、水は土に弱いみたいなやつだ。

俺は魔法においては最強の魔法は使えない。

だが、知りうる限り全ての属性の魔法を扱える。

火、風、水、土、空間……。

それをかけ合わせれば、どんな相手にも負けない自信がある。

辺境砦に送られ、何度も死ぬ思いをした。

だけどそこまでしなければ俺のこの多重属性魔法《マルチプルマジック》という希有な能力は目覚めなかっただろう。

ニッカの再生魔法《リザレクション》。

グラッサの複製魔法《デュプリケイト》。

チェキの鑑定能力《アプレイザル》。

三人のユニークスキル持ちが今、俺と共にあるのは、俺が持つ多重属性魔法《マルチプルマジック》という特殊な力に引き寄せられているのかもしれないな。

俺のそんな特性を見抜いて育ててくれた砦の師匠たちには感謝しかない。

まぁ、修業中はあまりの厳しさに恨んだこともあったけど。

「やっぱりトーアさんは凄いなぁ。ボクの力でもトーアさんの力だけは視えないんだもの」

「そういえばそんなこと言ってたな」

少し前のことだ。

俺はチェキから彼女の鑑定能力《アプレイザル》について詳しい話を聞いた。

彼女の能力は、鑑定する相手や物を、スキルを使って見ることで種族名や場合によっては名前、属性などまでを見抜く。

ただ俺の知っている小説に出てくるようなチート能力とは違って、数字でわかるようなステータスが出てくるわけでもなく、その物体の詳細な情報まではわからないらしい。

ただ、そのものが危険か危険でないか。相手が敵対的な意思を持つのかそうでないのか。そういったことは感覚的に伝わってくるという。

エムピピの正体すら看破したその能力に興味を持った俺は、その力で自分自身を視てもらいたいとチェキにお願いをした。

仲間を鑑定するなんて出来ないと渋る彼女に無理矢理頼み込んで鑑定してもらった結果は……先ほど彼女が言った通り、『何も視えない』だった。

それは俺が異世界転生者だからなのか、それとも他に理由があるのかはわからない。

だけど、『チェキの力でも視えないものが存在する』とわかっただけでも、やってもらった価値はあったといえる。

「それで、我はどうしたらいいのじゃ」

そんなファウラの声で、俺は我に返る。

今話し合う必要があるのはエルフの問題だ。

ラステルのあの調子からすると、協力を断ったからと言って、すぐにでもエルフが魔族に敵対するわけではなさそうではある。

だが、だからこそ解《げ》せない。

最初から断られる前提だったようにも見えたし、それどころか、自分の方から断らせようとするような態度を取っているようにも思えたのだ。

「調べに行くしかないか」

「行くってどこにじゃ」

「エルフの国に決まってるじゃないか」

俺の返答に、部屋の中の一同がキョトンとした顔をする。

「エルフの国って、幻惑の森の中ですよね？　あそこはエルフに選ばれた人たちしか入れないんですよ？」

まず最初に口を開いたのはニッカだ。

「交易してる商人とか、許可を貰った他国の交渉団とかだけだっけ」

「そうそう。しかも森の端っこくらいに小さな迎賓館があって、そこまでしか入れないってお父さんから聞いたことがある」

そう言うグラッサの父親は商売人だ。

だからエルフと商売している商人あたりから話を聞いて知っていたのだろう。

「エルドワ自治区があった頃でも、純粋なエルフ以外は外で待たされてたくらい閉鎖的だったしね」

チェキがグラッサの言葉を受けて、そう続ける。

「そうなのか？　てっきりその頃は自由に往来してたと思ってたけど、違うのか？」

「うん。エルフ族全員がエルドワ自治区に好意的でもなかったからね。特に森に籠もってる連中は」

そういえばルチマダも言っていたな。

エルドワ共和国は一枚岩じゃなく、エルフとドワーフが手を取り合うことを認めない反対派が多数いたと。

そして彼を魔族と知りつつ引き込んだのもそんな一派だったはずだ。

「ボクだって一度もエルフの国になんて行ったこともなかったし。無理矢理入ろうとした人たちもいたらしいけど誰も奥へは――」

「大丈夫。俺なら行ける」

更に続けようとしたチェキの言葉を遮《さえぎ》って、俺は自信満々に告げる。

そして収納からとある魔道具を取り出した。

「そ、それは」

「持ってきちゃったの？」

「いつの間に」

そう、それはあのルチマダが自らの復讐のために全てをかけて造り出した、この世に一つしかない魔道具。

「この幻惑潰し《イリュージョンキャンセラー》さえあれば、幻惑の森を突破して、中枢に忍び込めるはずさ」

幻惑の森を突破出来る唯一の魔道具、幻惑潰し《イリュージョンキャンセラー》であった。

◆第三章◆

ラステルが帰った後、ドワーフ王国とヴォルガ帝国の間での協議が本格的に始まった。

協議に参加するのは、ヴォルガ帝国からは重鎮四人と魔王エムピピ。

ドワーフ側からはチェキを筆頭としてドワーフ族の代表四人。

あとは立会人として、俺が出席することになった。

帝国側の重鎮たちは最初、俺が立会人だと聞かされて困惑していた。

それはそうだろう。

どこの馬の骨ともわからない人間族の冒険者が、これほど重要な協議の立会人だなんておかしいと思わないわけがない。

だが、魔王であるエムピピが指名し、それをドワーフ側の全権委任者であるチェキが認めた以上は彼らも追認せざるを得ない。

特にヴォルガ帝国においては、魔王の言うことは絶対である。

誰も異論など口に出来るわけがなかった。

協議は一応の被害者であるドワーフ側へ、魔族側からある程度の賠償《ばいしょう》と謝罪という形で粛々《しゅくしゅく》と進んだ。

今回のルチマダの凶行の原因がドワーフ側にもあるという負い目があったというのも、協議が紛《ふん》糾《きゅう》することなく落ち着いた空気で進んだ理由の一つである。

他にも、チェキがドワーフ側の全権代理人であることも大きかった。

ドワーフとエルフ、そして魔族との争いに巻き込まれて、命以外の全てを失った彼女。

今回の一番の被害者とも言える彼女の存在は、ドワーフにとっても魔族にとっても大きいものだった。

もしチェキが魔族への報復を望んでいたら、その場の空気は険悪なものになっていたに違いない。

だが彼女はあくまで冷静だった。

「――それではこの方向で調整させていただきます」

数日間の協議のあと、ヴォルガ帝国の重鎮の一人がテーブルの上に広げられた資料などを揃えながら立ち上がる。

それが協議の終了を告げる合図であった。

『うむ、頼んだ』

「御意に」

魔王の言葉を受けて重鎮が頭を下げる。

「それでは私たちも本国へ報告に戻ります」

「お願いします」

そしてドワーフ側の面々も、資料を手にチェキへそう告げて、揃って会議室を出ていった。

部屋に残されたのは俺とチェキ、そして魔王であるエムピピ——の外部端末だけである。

そう、エムピピは本体ではなく、この外部端末を通して会議に参加していた。

外部端末は本体が円柱形で、スピーカーやカメラ、マニピュレーターなど最低限の機能が備わっているもので、四つのタイヤで移動する仕組みとなっている。

実はエムピピの巨体でも入ることの出来る会議室はこの王城内に存在はする。

だが今回の件は機密性が高い案件だったため、その会議室の使用を避けたというわけである。

「ふぅ。なんとか一段落したね」

チェキが大きく伸びをする。

事務的に進んで終わった協議に、俺は内心驚いていた。

いくらチェキや魔王が穏便に済ませようとしていたとはいえ、ルチマダがしたことはドワーフと魔族の全面戦争へ繋がってもおかしくはないものだったのに。

『生きた心地がせんかったのじゃ』

『ファウラ。よく頑張りましたね』

『エムピピは優しいのう。じゃが我はここで見守っていただけじゃから、本当に頑張ったのはエムピピなのじゃ』

端末からは、ファウラのいつもの声と、エムピピの音声が聞こえてくる。

ファウラの言葉通り、今回の協議でファウラは全てをエムピピに任せていた。

というのも、元々ヴォルガ帝国の運営に関して、ファウラはほとんど口を出したことがないからである。

そもそも辺境の集落で生まれ育った、ただの村娘でしかないファウラには国を立ち上げて運営するなどということが出来るわけがない。

魔族領を豊かで平和な地にして、彼女のような哀しい思いをする魔族をなくす。

少女のそんな願いをエムピピのＡＩが聞き届けた結果に過ぎない。

そんな二人のやり取りを聞きながら、俺は思わず言葉を零す。

「俺の知ってるＭＰＰＲＤのＡＩは、ここまで高機能じゃなかったはずなんだけどな」

ファウラとエムピピの会話や、魔王として部下に指示を出す姿はあまりに自然すぎる。

もちろん、俺が元の世界で死んだあともＡＩは進化し続けていたはずなので、ここまでのＡＩが生まれていてもおかしくはない。

だがＭＰＰＲＤはあくまで移民調査船という母艦の端末のような存在に過ぎず、搭載されているＡＩも必要最低限のものしか搭載されていなかったはずだ。

もしかすると機械であるエムピピも、この世界に飛ばされたことで何かしら特殊な変化が引き起こされたのかもしれない。

なんせ元の世界と違い、この世界には魔法が現実として存在するのだから。

『トーアもご苦労でした』

そんなことを考えていると、エムピピからねぎらいの言葉をかけられた。

これほどまでに人らしいＡＩはもはや機械とは思えない。

「俺はただここでずっと座ってただけだからな。尻が少し痛くなったくらいだ」

『我も同じなのじゃ』

『怪我をしたのですかファウラ？　医務室へすぐに移動してください』

『エムピピは大袈裟なのじゃ』

端末から聞こえるじゃれ合う声に、俺は思わず微笑んでしまう。

「あはは。二人とも仲が良いよね」

「そうだな。ところでチェキは尻――」

「トーアってそういうところダメだと思う」

ぷいっとそっぽを向くチェキの頬が少し赤らんで見える。

そうか、女の子に『尻は大丈夫か？』なんて聞くもんじゃなかったな。

「すまん。やっぱり俺も少し疲れてたみたいだ」

「疲れてなくても一緒だと思うけど……うん、今日は許してあげるよ」

チェキはそう言って笑顔で振り返った。

その顔にはやはり疲労の色が見える。

「みんな疲れてるようだし、早めに部屋に戻ろうか」

「うん。ちょっと書類だけ片付けるね」

「俺も手伝うよ」

大半のものは、先に出ていったドワーフたちが持っていったので残りはごく僅かだ。

だがその中には重要な書類も含まれている。

俺はチェキに一つ一つ確認しながら書類を纏めると、彼女の分も含めて空間収納に放り込んだ。

『我もあとで行くからの』

「ああ、お菓子でも用意して待ってるぞ」

そうして魔王の端末だけを会議室に残し、俺たちはいつもの部屋に戻るために部屋を出たのだった。


そんな協議の終了から五日後。

俺はエルフの国ランドリエールへ向かう準備を終えた。

「本当に一人で大丈夫ですか？」

心配そうにニッカが尋ねる。

彼女の言葉通り、今回俺は一人でランドリエールへ向かうことにしていた。

「俺の強さは知ってるだろ？」

「でも……」

「一人なら、敵わなさそうな相手を見かけたらすぐに逃げられるし、無茶はしないさ」

俺が今回一人での行動を決めたのは、この理由が大きい。

ニッカたちはまだまだエルフと戦う力は持っていないし、いざというときのことを考えたら一人の方が良いと思ったのだ。

みんなも納得して、この五日間、食料や装備などの準備を手伝ってくれた。おかげで一つを除いて、全て揃え終わっていた。

「はい、これ」

「おっ、出来たのか。これで必要なものは全部揃ったな」

隣の部屋から両手に棒状のものを持って現れたグラッサが、それを俺に手渡す。

「大丈夫だとは思うけど、一応ちゃんと動くかどうか試してみてよね」

グラッサから手渡されたのは二本の幻惑潰《イリュージョンキャンセラー》しだ。

ここ数日、グラッサには複製魔法《デュプリケイト》を使って幻惑潰《イリュージョンキャンセラー》しの複製を作ってもらっていたのだ。

幻惑潰《イリュージョンキャンセラー》しの作りは複雑で、熟練のドワーフ技師でも作り上げるのは困難な代物だ。

だけどそんな複雑な代物も、グラッサのスキルであれば複製を作ることが出来る。ルチマダもそれを信じていたために、彼女を攫《さら》おうとしていたほどだ。

さて、さっそく試してみるか。

俺は手元の幻惑潰《イリュージョンキャンセラー》しを確認してから、ニッカとグラッサに向き直る。

「二人とも、そこに並んでくれるか？」

「ここ、ですか？」

「何するつもりよ？」

戸惑いながらも、俺から少し離れた所にニッカとグラッサが並んで立つ。

「今から二人に幻惑魔法をかけるけど、心配しないでくれ」

「あたしたちを実験台にするってこと？」

「危険はない……けど、嫌なら別の方法を考える」

「べつに私は嫌じゃないですよ。それに幻惑魔法ってどんなものか気になりますし」

「ニッカがそう言うなら、あたしも協力はするけどさ」

初めての幻惑魔法にワクワクした表情のニッカと、不安を隠そうと強気な態度を取るグラッサ。

こういうときに度胸があるのはやはりニッカの方だな。

「じゃあいくぞ。幻惑《イリュージョン》！」

俺は手のひらを二人に向けると、幻惑魔法を放つ。

直後、目の前の二人が突然周囲をキョロキョロと何かを探すように動き出した。

「あ、あれ？　トーアさん？　どこに行ったんですか？」

「あたしたち今まで部屋にいたはずなのに、ここはどこなのよ」

「なんだか綺麗だけど怖い感じがします」

今、二人の目に映っているのは、俺が王都ギルドでエルフのテオと初めて戦った草原の景色のはずだ。

あの風景自体には怖い要素はないはずだが、ニッカは何かを察したのだろうか。

とはいえ、実際には彼女たちの目にその風景は『映って』はいない。

幻惑魔法は目ではなく脳を惑わせるものだからだ。

「二人とも、俺の声は聞こえるか？」

「聞こえます！　そこにいるんですね」

俺が声をかけるとニッカが答えた。

だがその視線は俺がいる場所とは全く違う方向を見ている。

「姿が見えないのに声だけ聞こえるのって、なんだか嫌な感じ」

「ごめんなグラッサ。でも、これで二人がきっちり幻惑にかかっているのはわかった」

俺は先ほどグラッサから渡された、複製された方の幻惑潰し《イリュージョンキャンセラー》を持ち上げる。

「ここからが本番だ」

そう言って、幻惑潰し《イリュージョンキャンセラー》に組み込まれた魔石に向かって魔力を流し込む。

魔力の流れにおかしなところは感じない。

ドワーフの王城で試しに本物の幻惑潰し《イリュージョンキャンセラー》を使ってみたときと、違いはなさそうだ。

「発動してくれよ、幻惑潰し《イリュージョンキャンセラー》っ」

俺は幻惑潰し《イリュージョンキャンセラー》を高々と掲げる。

同時に魔石に流し込んだ魔力が周囲に拡散していくのを感じた。

「えっ」

「戻っ……た」

成功だ。

グラッサが複製した幻惑潰し《イリュージョンキャンセラー》も、無事に本物と同じように発動して一安心だ。

「おかえり」

「ただいま……って、別にあたしたちどこにも行ってないよね？」

「さっきまで草原にいたはずなのに。不思議です」

戸惑いながらも辺りを見回す二人の様子から、完全に俺の魔法が解けているのがわかる。

「あとはこれで本当にエルフの森の幻惑を突破出来るかだが……」

幻惑潰《イリュージョンキャンセラー》しが幻惑魔法を打ち消すことはこれで証明された。

だが、エルフの森にかかっている幻惑魔法は、魔族の力をもってしても突破出来ないほど強力なものだ。

「俺に出来るのか？」

俺自身は実際にエルフの森に入ったことはない。

なので森にかかっている幻惑がどれほどのものかは噂でしか知らないのだ。

だが、あのルチマダですら破れなかった幻惑である。

生半可《なまはんか》なものであるはずがない。

「トーア、もし幻惑が破れなかったらどうするのさ」

「そのときは無理せずに帰ってくるよ」

疑わしそうに俺の目を覗き込むグラッサに、俺は笑顔で答えた。

「本当に？」

「トーアさん、無茶しないでくださいね」

だが二人はその言葉を素直に信じてはくれなかったようだ。

信用ないな。

「無茶はしない。きちんと帰ってくるよ」

「約束してくれますか？」

「ああ、約束だ」

俺は『約束』は破らない。

そのことをニッカたちは知っている。

だからだろう、俺がその言葉を口にしただけで、二人の表情が和らぐ。

「さてと、これで必要なものは全部揃ったし、あとはファウラが用意してくれるって言ってた乗り物だけか」

「乗り物って馬とか馬車とかじゃないんですか？」

「それがな。ここからエルフの森まで最短距離で行くには、整備されてない荒れ地を通る必要があるんだ。だから馬や馬車は使えない」

「たしかそこって……」

俺の話を聞いてニッカは気が付いたのだろう。

眉根を寄せ、表情を僅かに暗くした彼女に俺は告げた。

「ああ。エルドワ自治区の領都跡地だよ」

「――これに乗るのか？」

ヴォルガ帝国の魔都の外。

ファウラと一部の重鎮のみが知る通路を抜けた先で俺を待っていたのは、背中に鞍《くら》と荷台を付けた一匹の大きなトカゲだった。

「なんじゃ？　トーアはモビドラゴンを見るのは初めてか？」

「ドラゴン？　これ、ドラゴンなのか？」

たしかにドラゴンはデカいトカゲとよく言われてはいるが、実際にデカいトカゲとドラゴンは全く別物だ。

俺自身は、一度だけ辺境砦から、遙《はる》か遠くの空を飛んでいるドラゴンを見かけたことがあるだけで、実際に戦ったことはない。

それでもあの威圧感は、この世界の魔物の中でも別格だった。

「んにゃ。ドラゴンと名前に付いているだけで、魔物のドラゴンとはなんの関わりもないただの爬《は》虫類《ちゅうるい》なのじゃ」

「ということはコイツは魔物じゃないってことか」

「そういうことじゃ。見かけが大陸北部に棲むアースドラゴンにそっくりじゃから、古代魔族語で小さいという意味の『モビ』を付けて、モビドラゴンって名付けられたと聞いておる」

なるほど。

アースドラゴンというドラゴンは見たことはないが、話からするとこのトカゲを巨大化させたような見た目をしているのだろう。

「この辺りも今では道がきちんと整備されておるがの。ドワーフとエルフの戦争直後は道など消え失せて、どこもかしこも酷い有様《ありさま》じゃった」

エルドワ自治区から始まったドワーフとエルフの戦争は、その領都を灰燼《かいじん》に帰すほど激しいものだったという。

ファウラたちは二種族の争いに巻き込まれないようにするのが精一杯で、とてもではないが仲裁出来るような状況ではなかったそうだ。

「結果的にその戦の跡地を空き巣泥棒のように我ら魔族が奪うような形になってしまったが……我は荒れ果てる前の緑豊かなこの地をもう一度復活させたかったのじゃ」

「そっか。ファウラはエルドワ自治区があった頃を知っているんだもんな」

「うむ。北方の不毛の地でしか生きていけなかった我らからすると、在《あ》りし日の彼《か》の地は天国のようじゃった」

詳しい年齢は聞いてないが、ファウラはこう見えて、俺より何倍もの年月を生きている。

言動や行動は幼く見えるが、多くの修羅場を乗り越えてきたに違いない。

「そんな荒れ果てた地をここまで豊かにした魔王様は偉大だよ」

「我の力ではなく、ほとんどエムピピの知識のおかげじゃがの。ところで……」

ファウラは俺の言葉に照れたのか、僅かに頬を染めてそれを誤魔化すように周囲を見回す。

「三人娘の姿が見当たらんようじゃが、あやつらは見送りにこんのか？」

「ああ。あいつらは朝から何か用事があるって出ていってそれっきり――」

俺がニッカたちがいない理由をファウラに説明しかけたときだった。

「待って！　トーア！」

「よかった、間に合ったみたいだね」

ちょうど通路からグラッサとチェキが、俺たちを見つけて大きく手を振ってこちらに駆けてくるのが見えた。

「はぁはぁ……二人とも、足が速すぎます」

その後ろからフラフラとニッカも遅れて姿を現す。

元気な二人と比べて、体力的にもかなりきついらしく、一人歩きながらこちらへ向かってくる。

「遅かったのう、お主ら。いったい何をしておったのじゃ？」

「ちょっと魔都のお店を何軒か回って、捜し物をね」

グラッサは軽くウインクをして答えると、チェキが背中に背負っていた大きめの包みを背中から降ろす。

「これは？」

「ボクたち三人からトーアへのプレゼントさ」

「別に今日は俺の誕生日でも何でもないが？」

何かプレゼントを貰えるような特別なことでもあっただろうか。

俺はしばし考えたが、何も思いつかない。

「はぁはぁ……誕生日とか、そういうんじゃなくてですね」

やっと俺たちのもとまでたどり着いたニッカが、息を荒くしながら理由を教えてくれる。

「私たち、トーアさんに今まで色々助けられてきたじゃないですか。はぁはぁ……だからトーアさんと離れる前にお礼も兼ねて何かプレゼントしようってことになって」

苦しそうに膝に手を置いたまま理由を教えてくれたニッカに、俺は苦笑しつつ応える。

「別にそんな気をつかわなくて良かったのに」

「そっちは良くても、あたしたちの気が済まないのよ」

「そういうわけだから、ボクたちの気持ちを受け取ってほしいんだ」

グラッサとチェキが笑顔で俺に、手にしていた包みを押しつけてくる。

そこまで言われて断るわけにはいかない。

俺は包みを受け取りながら、「ありがとう」と三人に向かってお礼を口にした。

「お礼なんて良いから、早く開けてみてよ」

「わかったよ。一体何が入ってるんだ？」

「それは見てのお楽しみってやつさ」

チェキに急《せ》かされながら、俺は包みの紐《ひも》を解いて開く。

中から出てきたものは——

「これって、ローブか？」

中に入っていたのは、青色の布地に腕から背中を回るように白いラインが入った、スッキリとしたデザインのローブだった。

俺はそのローブを両手で広げてしげしげと眺めた。

「早く着てみて」

「サイズは今着てるものと同じはずだからさ」

いつの間に俺のサイズの確認を……と思ったが、チェキの鑑定能力《アプレイザル》があればその程度のことは容易《たやす》いのだろう。

なるほど、彼女のスキルにはそういう使い方もあるんだなと感心する。

「わかったから、そう急かすなって」

そして俺は収納に今着ているローブを放り込むと、真新しいローブを身に纏う。

「どうだ？　似合ってるか？」

ここ十年くらいは、ほとんど暗い色の服しか着てこなかったせいもあって、なんだか気恥ずかしい。

同時に、俺にこんな明るい色が似合うのだろうかと不安でもあった。

「すっごく似合ってます！」

そんな俺の不安を、ニッカの喜色に満ちた声が吹き飛ばす。

「いつもの服もいいけど、ちょっと重いなって思ってたんだよね」

「重いって……たしかに色の濃い服ばかり着てたけど」

「私、トーアさんには明るい色の方が似合ってるってずっと考えてたんです！」

グラッサに重いと言われて少し落ち込みかけたが、ニッカのハイテンションがそれを許さない。

「うんうん。トーアって素はいいんだから、もう少し服装にも気をつかえばいいのになって、ボクも思ってた」

チェキは俺の全身を上から下まで見てからそんなことを言う。

「誉《ほ》められてるのか貶《けな》されてるのか……」

「誉めてるんだよ。それよりさ、気付かない？」

いったいどういう意味だ？

僅かばかりチェキの言葉の意味を考えたところで、俺はその異変に気が付いた。

「ん？　まさかこのローブって……」

そう、気のせいかとも思っていたのだが、ローブを着替えてから不思議と体が少し軽く感じていた。

「うん。そのローブはただのローブじゃなくて、魔力の流れを補助する力が付与された魔道具なんだ」

「このローブが魔道具だってのか」

「うん。それで、どうかな？」

俺は体に意識を集中させて魔力の流れを調べた。

たしかにチェキの言う通り、いつもより抵抗感がなく魔力が流れているのがわかる。

「言われてみれば、たしかに魔力の流れが良くなってるみたいだ。ありがとな三人とも」

俺は改めて三人に礼をすると「でも高かったんじゃないか？」と心配になって尋ねた。

「それがね……」

「ちょっとチェキ！　値段とか言っちゃダメ」

「そうですよ。トーアさんが聞いたら自分で払うとかいってお財布を出しかねませんから」

ローブの値段を口にしかけたチェキを、慌てて二人が止める。

別にお金を払うとか無粋《ぶすい》なことをするつもりはなかったが、金額によっては、つい言ってしまうかもしれない。

そのあたり、チェキより俺との付き合いが長い二人は察しているのだろう。

「わかった。わかったから、値段のことはもう聞かない」

「本当にトーアってそういうところあるよね」

「プレゼントなんですから、喜んで受け取ってもらえたらそれだけで私たちは嬉しいんです」

たしかにそれはそうだ。

誰かにプレゼントを渡すとき、その値段を聞かれたらいい気はしないだろう。

俺は三人から貰ったローブに目を落とす。

濃いめの青を基調にしたローブには、改めて見ると胸の部分や両腕、そして裾《すそ》あたりに魔導回路らしき模様が白銀色の糸で刺繍《ししゅう》されていた。

そして、その模様を白銀の線が繋ぎ、中二病心をくすぐるデザインとなっていた。

おそらく、この回路と線が魔力の流れをスムーズにさせる仕組みなのだろう。

初めて見る魔導回路だが、仕組みといい仕上がりといい、なかなか腕の立つ職人が作ったに違いない。

三人からは値段は聞けなかったが、到底三人の所持金で買えるものではないだろう。

そんなことを考えていると、隣でファウラが俺の姿をじろじろと見て目を細める。

「ほほう。これはなかなか格好いいデザインじゃの」

「ファウラちゃんもそう思うよね？」

「うむ。ところでグラッサよ、このローブはどこの店で買ったのじゃ？　我もその店で新しい服を買いたくなったのじゃ」

これほどの品物をいったいどこで買ったのかくらいは、聞いても良いんじゃなかろうか。

そんなことを考えていた俺の心を読んだかのように、ファウラがグラッサに質問を投げかけてくれた。

「えっと……」

だがグラッサはなぜか言い淀《よど》む。

彼女たちに限って、後ろめたい手段で入手したわけじゃないだろう。

だとすると答えづらい理由が何かあるのだろうか。

「どうしたのじゃ？」

「ニッカ、チエキ、言っていいかな？」

グラッサの言葉に二人が頷く。

「実は、そのローブって店で買ったものじゃないのよ」

今朝方、出発する俺のために何かしら旅に有用そうなものをプレゼントしようと三人は魔都へ出かけた。

いくつかの店を巡り、ああでもないこうでもないと悩んでいた彼女たちだったが、賑わう魔都の人波に疲れ休憩《きゅうけい》することにしたのだという。

「そうしたらさ、ニッカが『私の財布がなくなってる』とか言い出してね」

「スリにでもやられたのか」

「そうみたい。でもいつどこで盗まれたかなんて全然わかんなくて困ってたんだ」

元々大金を持っているわけではなかったが、それでも貴重なお金である。

特に今回は三人の手持ちを使って俺にプレゼントをすることが目的だったのに、ニッカだけお金をなくしてしまったという状況は、ただ単にすられたという以上に精神ダメージが大きかった。

「で、ニッカが滅茶苦茶落ち込んでたのをチェキと二人で慰めてたら、変な二人組に声をかけられてさ」

彼らはドワーフとエルフの二人組という、あまり見たことがない組み合わせだったという。

犬猿の仲ともいえるその二種族だが、何人かでパーティを組んでいて、その中にドワーフとエルフがいるということは稀《まれ》にだがある。

だが、二人っきりで行動しているというのは相当珍《めずら》しい。

「私たちが事情を話したら、エルフのお姉さんが突然ニッカの首元の匂いを嗅ぎ出してさ」

「あのときはびっくりしました」

「何かされたのか？」

いきなりセクハラエルフの話をされて、俺はニッカの顔を見る。

「後で聞いたんですけど、私の財布を探すのに匂いが知りたかったらしくて」

「は？」

犬かよ。

「凄かったんだよ。あのエルフのお姉さん、それからすぐにニッカの財布を見つけてきてくれたんだから」

チェキが目を輝かせ、興奮気味にそう言った。

「犯人は滅茶苦茶強そうな魔族だったんだけど、一瞬でお姉さんに縄でぐるぐる巻きにされてさ。あんな魔族を簡単に捕まえちゃうなんて、ボク憧れちゃうなぁ」

「うんうん。すっごくかっこよかったよね」

「あたしもああいうお姉さんになりたいって思っちゃった。でも一番の目標はエドラだけどさ」

興奮して語るチェキに、ニッカもグラッサも頷いて同意する。

「それで、その二人はローブと何か関係があるのか？」

このままでは話が進まないと、俺は三人に続きを促す。

すると、グラッサとチェキが「そうだった」と話の続きを語り出した。

「うん。だって、あたしたちがローブを売ってもらったのはその人たちだからね」

「エルフのお姉さんがデザインして、ドワーフのおじさんが作ったらしいんだけど、二人とも路銀に困ってたらしくて。ちょうど露店でも開いて手持ちのものを売ろうと、場所を探してたらしいんだ」

「私、その話を聞いて『どんなものを売るんですか』って聞いたんです」

そうして二人組は、露店を開いて売る予定の商品をいくつか袋から出して見せてくれたらしい。

「最初はブレスレットにでもしようかと思ったんだけど、男の人に似合いそうなのがなくてさ」

「たぶん、私達に合わせて女性向けのものを出してくれてたんですけど、男性へのプレゼントだって説明したんです。魔法に長《た》けていて、出来ればその補助が出来る能力があれば嬉しいって」

チェキとニッカの説明を、グラッサが引き継ぐ。

「そしたらさ、ドワーフのおじさんが、ちょうど良いものがあるって、そのローブを見せてくれたんだ」

ドワーフはローブの性能を説明した後、三人から予算を聞いて、それで構わないと売ってくれたらしい。

「一応ボクの力で確認したら、ドワーフのおじさんが言ってる通りの品物だったからびっくりしたよ。とてもじゃないけど、ボクたちの予算じゃ安すぎるから悪いよって言ったんだけど……」

チェキが説明してくれたところによると、元々それは売り物ではなく、知り合いのために作ったものだったそうだ。

だが、特段その知り合いと会う予定があったわけではなく、偶然出会うかもしれないと旅の荷物に入れてきただけだったらしい。

そのため、このまま持っていても無駄になるだけだから、それならちゃんと使ってくれる人に安くても売りたいのだ……とドワーフは言ったという。

「サイズもちょうどよかったから、少しくらい予算オーバーしてもって思ってたんだけどね」

「この性能だったら、普通に店で買ったらかなりの金額になったんじゃないか？　……とにかくその二人が親切な人たちで良かったな」

三人の予算がどれくらいあったかはわからないが、このローブ自体は相当値が張るもののはずだ。本当なら貰えるはずだった人には悪いが、おかげで予想外にいい装備が手に入った。

そのことを今は素直に喜んだ方が良いだろう。

一通り話を聞いたファウラは、顎《あご》に手を当てる。

「旅の者か。我が帝国民にそれほど優秀な者がおるなら、城に呼ぼうかと思っておったが」

「手持ちの商品をいくつか売って路銀が出来たらすぐに出発するって言ってたから、もういないんじゃないかな」

「急いで行かなきゃいけない所があるって言ってましたもんね」

「そうか……会って話ぐらい聞きたかったのじゃがな。出来れば我が国に招き入れて職人育成を任せられればとも思ったのじゃが仕方ない」

グラッサとニッカの言葉に、ガッカリと肩を落とすファウラ。

魔族という種族は物作りがあまり得意ではない。ルチマダが魔族の力で幻惑潰し《イリュージョンキャンセラー》を作ることを諦めた理由もそこにある。

小手先の器用さだけでは生きていけない過酷な土地で生き残っていた魔族は、大体のことを力で解決しようとする節がある。

そんな彼らが物作りに意識を向けられるようになったのは、ヴォルガ帝国が建国されてからだ。

「……さてと、それじゃあ俺はそろそろ行くよ」

俺は、四人とこれからの予定についていくつか確認を済ませると、おっかなびっくりモビドラゴンの鞍に跨《またが》る。

ファウラが言うには、乗り方は馬と同じでいいらしい。

「気を付けてね」

「ご無事で帰ってきてくださいね」

「無茶しないように」

「エルフ族の中でも特にあの森にいるエルフは話が通じん種族じゃ。ヤバイと思ったらすぐに撤退するんじゃぞ」

「俺だって引き際くらいはわきまえてるさ」

チェキ、ニッカ、グラッサ、ファウラに、俺は笑顔で返す。

エルフとは辺境砦で幾度も刃を交えた。

だから彼らの危険さはこの中では俺が一番良くわかっていると思う。

だからこそ、もし何かあったときにすぐに撤退出来るように一人で行くのだ。

「じゃあな。いけ、モビドラ!」

俺は四人に小さく手を振って、モビドラゴンの手綱を軽く引く。

まず最初に目指すのは、エルドワ自治区の領都跡地だ。

ファウラの言葉を信じれば、このモビドラなら整備されてない道でも半日もかからずたどり着けるはずである。

俺はどんどん小さくなっていく四人に背を向け、徐々にモビドラゴンの速度を上げていくのだった。


「――ここか」

決して乗り心地がいいとは言えないモビドラゴンの背中に揺られること、数時間。

俺は最初の目的地である、エルドワ自治区の領都跡地にたどり着いた。

「歪《いびつ》な魔力溜まりがそこら中にあるな……」

領都跡地は、エルドワ戦争で一番激しい戦いが繰り広げられた場所だ。

エルフとドワーフが死力を尽くして戦った結果、この地には魔力の流れが不安定な場所がいくつか生まれたという。

それこそが、ここが月日が経った今でも草も生えない不毛の地のままになっている理由だ。

「ダンジョンもいくつか出来たらしいけど、さすがに誰も手を付けてないか」

この世界において、ダンジョンは成長を続けるもので、巨大な魔物として扱われる。

そしてダンジョンは魔力が集まる魔力溜まりに生まれるということで、この地はまさにダンジョンが生まれるにはうってつけの土地といえる。

だが、歪んだ魔力で生まれたダンジョンは通常のダンジョンと違って、体内に魔物や生き物を住まわせることはしない。

本来であればダンジョンは、魔力を生み出す生き物を体内に入れ、その活動で生み出される魔力を『餌《えさ》』とする。しかし、歪んだ魔力で生まれたダンジョンは、獲物を食い殺すだけの、ただの魔物と化すという。

しかも普通のダンジョンと違って、体内に稀少《きしょう》鉱石などを蓄えることがない。

つまり、もし冒険者が危険を冒してこの地のダンジョンに潜ったとしても、実入りはほとんどないため、誰も攻略しようとはしないわけである。

「さてと、危険そうな場所はチェックしたし、目的のものを探すとするか」

俺はモビドラゴンから降りると、事前にチェキから聞いておいた目的地へと歩き出した。

そこは、廃墟《はいきょ》となった都の端。

いくつか残る倒れかけの柱の隙間を抜けていく。

「これが目印の像かな」

最後の柱の後ろ側に、俺の身長ほどの大きさの像が倒れた状態で転がっていた。

「酷いもんだ」

チェキの話では、この像の元の姿はドワーフとエルフが仲睦《なかむつ》まじく、腕に抱いた赤子を愛おしそうに見ている——チェキとその両親を象《かたど》ったものだったという。

しかしその面影は既になく、二人の像は肩から上が完全に破壊され、腕に抱いていたはずの赤子も砕けて原形を留めていなかった。

「えっと、ここから西に行けばいいんだったな」

俺はその無残な像に背を向け、西に向かって二十メートルほど進む。

「あれか……やっぱり思った通りだ」

そこにあったのは、直径五メートルほど、深さ二メートルほどのすり鉢《ばち》状の穴。

そしてその淵《ふち》から見下ろす俺の視線の先には、円筒形の物体が突き刺さるように埋まっていた。

ひと目見てわかる金属製のそれは、この世界においてあまりに異質な物体だった。

俺はエムピピ――MPRDを見たときと同じ感覚に見舞われる。

「エムピピを知らなかったら、これの存在も信じられなかったかもな」

俺はその物体に近寄るために穴を飛び降りる。

そして目の前のそれが、予想通りの品だということを改めて確認した。

「コールドスリープ装置……か。こんなものまで異世界に飛ばされてきてたなんてな」

前世、まだ俺が宇宙への憧れを諦めきれなかった頃に存在を知ったコールドスリープ装置。その実物が目の前にあった。

「チェキはこの中で長い間、冬眠状態でいたってことか」

エルドワ戦争の折、両親によって逃がされたチェキは、二人の教えに従ってこの装置の中に避難した。そして目が覚めたときには長い年月が過ぎ去っていた。

それを聞いたとき、その装置というのはコールドスリープ装置ではないかと予想していたのだ。

もしかすると彼女の両親は、いずれエルフとドワーフの共存関係が終わることを予知していたのかもしれない。

「しかし動力も何も繋がってなさそうなのにどうやって……」

このコールドスリープ装置がどこから来たものかはわからないが、これを動かすための電源はこの世界には存在しない。

「――いや、なるほどな。この装置そのものを魔道具にしたのか」

しかし俺は装置の周りに刻み込まれた魔導回路を見つけ、合点がいった。

どうやらこのコールドスリープ装置は、ドワーフとエルフの技術によって魔道具として魔改造されたもののようだ。

改造した者たちが、この装置の本来の機能をどうやって知ったのかはわからないが、おかげでチェキは長い年月を生き延びることが出来たわけだ。

試しに魔導回路に魔力を流してみる。

「動かないな」

既に魔導回路の機能は失われているようで、何の反応もなかった。

もしかすると長い年月で回路が壊れ、そのせいでチェキが目覚めたのかもしれない。

「とにかく、これで気になってたことの一つは解決したし、幻惑の森に向かうとするか」

俺はコールドスリープ装置から手を離す。

そして穴から出るために飛び上がろうと足に力を込めたときだった。

「なっ！　地震か？」

ゴゴゴゴゴ。

低い地鳴りと共に地面が揺れ――

「うわぁっ！」

目の前のコールドスリープ装置が突然、地面の中に沈み始めた。

「これはヤバイ。何か地面の下にいる気配がする」

嫌な気配に俺は、慌てて穴の底から飛び上がろうとした。

だが、地面が泥状になっているせいで足が地面に沈んで、飛び上がることが出来ない。

「くっ。土魔法《ブレシングアース》!!」

慌てて俺は足下の地面を固めようと魔法を放つ。

これで固まった地面を蹴って飛び上がれば――

「なっ!?　何で固まらないんだよ」

俺の魔法は何の効果も生み出すことはなく、泥のようになった地面に足が沈むのを止められない。

いったいどういうことだ？

「土魔法《ブレシングアース》！　やっぱだめか……だったら氷魔法《ブレシングフリーズ》！」

土を固めるのが無理なら、氷を生み出せば足場に出来るだろう。

そう思ったのだが……

「駄目だ……なんの反応もない」

いったいどういうことなんだ。

今まで魔法が効かないなんて経験は一度としてなかった。

「ヤバイ、ヤバイ、ヤバイ、ヤバイ」

俺はパニックに陥《おちい》ってしまった。

冷静になればいくらでも方法は考え付くかもしれないが、焦りのあまりいいアイデアが何も浮かばない。

このままでは地面に呑み込まれてしまう。

こんな所で死んでしまうなんて。

ニッカたちにあれほど大丈夫だと言って出てきたのに。

俺は胸元まで埋まりながら全てを諦めかけた。

そのときだった。

「あらぁ、どこかで聞いた声だと思ったら」

「バカモンが。あれほど油断するなと教えたはずじゃがな」

見上げた穴の上。

そこに現れた二つの人影が、穴の中で無様に藻掻《もが》く俺を見下ろしながら、そんな言葉を投げかけてきた。

直後、しゅるるるると風を切る音と共に、俺の体に蔦《つた》のようなものが巻き付く。

「いいわよ。釣り上げちゃって！」

「おうよ。どっせい！」

男の力強いかけ声と共に、体が思いっきり上に引っ張られる。

おかげでほとんど胸元まで土に埋まっていた俺の体は、大根のように一気に引き抜かれ、空に舞った。

そしてそのまま地面へと、一直線に落下していく。

「うわあああああっ！　風魔法《ブレシングウィンド》」

俺は咄嗟に風魔法を地面に向かって放つ。

ただの風魔法なら、そのまま地面に当たり拡散してしまうが、俺は魔力の動きを操作することで風の塊を空中に作り出すことが出来る。

つまり風のクッションだ。

俺は空中でなんとか体を捻《ひね》り、そのクッションに向かって足から落下する。

まるでふわふわのマシュマロを踏みつけたかのような感触が足に伝わり、一気に落下速度が落ちた。もちろんマシュマロを踏んだ経験なんて前世も含めてないが。

「っと、危なかったぁ……」

俺はそのまま地面に着地すると、額に浮かんだ脂汗《あぶらあせ》を拭う。

なんとか助かったようだ。

「相変わらず器用な子ですわね」

「なんじゃ。せっかくワシが抱きとめてやろうと思っておったのにな」

冗談交じりの口調で、俺に声をかけてきた二人のことはよく知っていた。

「助けてもらったことについては感謝するけど、助け方が雑すぎやしませんかね？　リッシュ、レントトレット」

「久しいのう、トーア」

「会いたかったわよ」

リッシュとレントトレット。

彼らは辺境砦で俺を鍛えてくれた、言わば師匠だ。

ドワーフのリッシュには、簡単な魔道具作りや戦闘での盾の使い方を。ハーブエルフと呼ばれるほど薬草に詳しいエルフのレントトレットからは、様々な薬草の知識と風魔法の使い方を教わった。

しかし、そんな彼らがなぜこんな所にいるのだろうか。

「二人とも、どうしてこんな所に――」

俺がその疑問を口にしかけたときだった。

「トーアちゃん。お話はまた後にした方がいいと思うの」

レントトレットが、優しげな笑みを浮かべたまま俺の後ろを指さした。

ゴゴゴゴゴ。

地響きのような音に俺は慌てて振り返る。

まさか――

「本体のお出ましじゃて」

さっき俺を呑み込もうとした何かが、穴の底から姿を現そうとしている。

咄嗟に収納から杖《つえ》と剣を取り出して戦闘態勢に入る。

そんな俺の後ろから、レントレットとリッシュの呆れたような声が聞こえてきた。

「相変わらず、杖と剣の二刀流とかおかしなことやってるのね」

「ルトニーとダルモアのせいじゃな。彼奴《きゃつ》らが面白がって教え込んでおったからのう。おかげでワシの盾術はなかなか覚えてくれんかった」

ルトニーとは俺の剣術の師匠で、ダルモアは魔法の師匠だ。

人間族であるルトニーは、細身の体から信じられないほどの剣速で、強力な魔物を一撃で真っ二つに切り裂くほどの腕前を持っている女剣士だ。

一方のダルモアは獣人族には珍しい魔法使いで、二つの魔法を同時に放つことが出来る上に、魔力の流れを『視る』ことが出来る力を持っていた。

俺のように大雑把なものではなく、詳細な魔力の動きがわかるため、魔物などの魔法を発動前に止めるなどという常識外れなことすら可能な天才だった。

「喋ってないで、二人も手伝ってくれよ」

俺は武器を構えもせず思い出話をしている二人に、背中を向けたまま呼びかける。

「嫌よ、めんどくさい」

「油断さえしなければお主なら楽勝じゃろ」

だが、そんな俺に返ってきた言葉は期待外れのものだった。

「わかったよ。一人でやればいいんだろ、やれば！」

俺はやけくそ気味にそう言い放つと、杖に魔力を流し込み始める。

さっきは俺の魔法は全て無効化されてしまった。

つまり、直接攻撃魔法を喰らわせてもまた無効化されてしまう可能性が高い。

「加速魔法《クイック》！　力強化魔法《パワーオーグメント》！　物理防御《フィジカルシールド》！　それと魔力結界《マジックバリア》っ」

だから魔法は、直接攻撃ではなく身体能力強化と補助に使う。

そして攻撃の主力は右手の剣、つまりは物理で攻めることにする。

「ほほう。魔法の構築速度が上がっておるな」

「砦を出てから色々経験を積んだのね」

背後から聞こえる無駄話は無視だ。

そろそろ来る！

ゴゴゴゴゴ。

穴の底が、まるで鳴門《なると》の大渦のように渦を巻く。

いったいこの下に、どんな化け物が潜んでいるのだろう。

「ん？　渦が止まっ……」

ドガアアアアア。

渦の動きが一瞬止まった次の瞬間。

穴の底から巨大な魔物が姿を現し、鋭い牙が並ぶ口を開いて飛びかかってきたのである。

「こいつはサンドワームか！」

その魔物は、巨大な太いホースのような姿をしていた。

先端の口にはノコギリのような歯が円形に並び、ぐにぐにと不気味に蠢《うごめ》いている。

「何言ってんの。そいつはサンドワームなんて生ぬるい魔物じゃないわよ」

「は？　じゃあ何だってんだよ」

俺は加速魔法《クイック》により通常の数倍の速度で動き回り、丸呑みしようと振り下ろされる魔物の口を避けながらレントレットに問いかける。

違うと言われても、目の前の魔物は昔ゲームで見たことのあるサンドワームにしか思えない。

「お主の魔法が効かなかったことで何か気が付かんのか？」

しかし、俺の問いかけにリッシュから返ってきたのは、答えではなくヒントのようなものだった。

「魔法？　うおっ」

話をしている間にも攻撃は止まらない。

変身中とかイベント中は攻撃をやめるのがお約束なのは、ゲームやアニメの中だけだ。

「魔法を無効化……いや、違うな」

魔法を放ったときに、感じた不思議な感覚。

それを思い出す。

「まさか……吸収されたのか。ということはこいつの正体って、もしかして！」

俺はとあることに思い当たって、その名を叫んだ。

「こいつ、ダンジョンなのか!!」

地面から高くそびえ立つ巨大な筒。

それがまさかダンジョンだなんて誰が思うだろう。

たしかにダンジョンが魔物であることは理解していた。

だが、それが地上に飛び出して襲ってくるなんて思うわけがない。

そもそもダンジョンと魔物、そして冒険者は共存共栄の関係というのが世間一般の認識である。

たしかにダンジョンが生み出した強力なガーディアンに冒険者が襲われることもあるし、時には体内の魔力が処理しきれなくなってスタンピードのようなことを起こすこともある。

だけど、ダンジョン自身が能動的に動いて冒険者を襲うなんて、実際に目の前にしても信じられない。

「せいかーい。トーアちゃんの魔法は全部ダンジョンに吸収されたのよ」

通常、ダンジョンは体内に招き入れた魔物や動物、冒険者が生み出す魔力を吸収することで生きている。

つまりこいつは俺の魔法を『餌』として吸い取ったのだ。

「この辺りのダンジョンは、歪んだ魔力溜まりのせいでおかしな進化をしておることは聞いておらなんだのか?」

「それは知ってるけど、直接襲ってくるなんて話までは聞いてなかったんだよ!」

その間も、上空から俺めがけて襲いかかるダンジョンの口を避けながら俺は叫ぶ。

「勉強不足ねぇ」

「魔都で何をしておったんだか……情報収集は冒険者の基本だと教えたはずなんじゃがな」

俺が必死に攻撃を避けているというのに、二人は緊張感の欠片もない声音で話を続ける。

見ると、二人はまるでピクニックの最中かのように、瓦礫に座って面白そうにこちらの様子を眺めていた。

「どうして俺ばっかり攻撃してくるんだよ！」

不思議なことにダンジョンは俺だけに攻撃を集中して、二人には見向きもしない。

いったいどうしてだ。

二人がダンジョンの攻撃範囲外にいるとでも言うのだろうか。

だが、俺と二人との距離はそれほど離れてはいない。

ダンジョンの全長はわからないが、二人に攻撃が届かないわけではないだろう。

「そりゃダンジョンの目的が魔力を吸うことだからでしょ？　そのくらいのことにも気が付かないなんて、トーアちゃん、勘が鈍ってるんじゃないかしら」

「俺の魔力……まさかっ」

俺は戦闘の前に自らにいくつもの補助魔法をかけていた。

コイツはそれを餌だと認識して襲ってきているとでもいうのか。

そういえば最初に襲われたときも、俺がコールドスリープ装置の魔導回路に魔力を流した後だった。

ダンジョンがそれを感じ取って、俺を襲ったとすればつじつまが合う。

「何度も魔法を撃ち込んだからな。コイツにとっては上等な餌が来たと思ったってことか」

俺は知らず知らずのうちに、自分を窮地に追い込んでいたというわけだ。

レントレットに勘が鈍っていると言われても仕方がない。

「魔力が餌なら魔法攻撃は逆効果。なら結局予定通り物理で殴れば良いってことだよな！」

俺は杖を収納すると、大型のシールドを代わりに取り出す。

そして天を見上げ、強く気合いの入れた声を放ちながら攻撃を受ける構えを取った。

「来やがれ！」

「ほう。やっとワシが教えた盾術を使う気になったか」

グワアアアアアアッ。

俺が動きを止めたことを好機だと思ったのだろう。

ダンジョンは耳をつんざくような咆哮《ほうこう》を上げたかと思うと、天高く振り上げた体を、俺を叩き潰《つぶ》す勢いで振り下ろしてきた。

「まだ早い」

俺は逃げることをやめ、ダンジョンの巨体が迫る中、足を踏ん張りながら距離を見定める。

そして、回避不能な間合いに入った瞬間——

「ここだっ！」

バンッ。

手にした大盾を持つ手に力を集中させ、迫るダンジョンの胴体を、物見遊山《ものみゆさん》な二人のいる方向へ——つまりは斜め後方に向かって弾き飛ばした。

「きゃあっ！」

「うおおっ」

背後から悲鳴が聞こえるが知ったことじゃない。

どうせあの二人なら簡単に避けることが出来ているはずだ。

「くらいやがれぇぇぇぇぇぇ!!」

俺は背後を振り返ることなく、完全に無防備となったダンジョンの横っ腹を剣で切り裂く。

「——グゴオアアアアァァァァァ！」

補助魔法によって速度も力も全て増した俺の攻撃は、ダンジョンの横っ腹に易々《やすやす》と大きな穴を開けた。

だが俺の攻撃はそれだけでは終わらない。

「次っ」

俺は剣と盾を収納し、空いた両手を高く振り上げる。

「叩き潰してやるっ！」

次の瞬間頭上に、巨大なハンマーが現れた。

これは、かつて辺境砦にいた頃、攻めてきたゴーレムを粉砕するのに便利だと渡された無骨《ぶこつ》なハンマーだ。

その大きさは小型のトラックくらいもあり、強化魔法をかけた俺でも振り上げるのさえ困難だったために、収納へ放り込んだまま今まで眠らせていた代物だった。

だが、振り下ろすだけなら俺にも出来る。

「喰らいやがれぇぇぇぇ!!」

俺はハンマーの柄を振り上げた両手で握ると、無残な傷口を晒すダンジョンの胴体へ全力で振り下ろした。

ぐちゃぁっ、と、肉が潰れる音がする。

最初の攻撃で出来た傷を広げるように、ハンマーがめり込んでいく。

「グルルルァァァァァ!」

叫び声とも地鳴りにも聞こえるような音が響き渡った。

俺はダンジョンの胴体に突き刺さったハンマーから手を離すと、その柄《え》を蹴って背後へ跳ぶ。

「やったか?」

激しくのたうち回るダンジョンに巻き込まれないように、更に距離を置いて様子を窺う。

ダンジョンと戦ったのも初めてであれば、その情報もほとんどない。

油断は命取りになりかねないと少し前に身をもって学んだばかりの俺は、断末魔を上げる魔物の姿から目を離さず注視し続ける。

やがてダンジョンは、しばらく暴れ回ったあと、地面へと倒れ伏した。

ダンジョンが完全に動きを止めて絶命したのを確認した俺は、額の汗を拭いながらその場に座り込む。

正体がわかれば、どうということのない相手ではあった。

だが焦りでそれに気付くのに遅れ、レントレットたちの助けがなければ命を落とすところだった。

「はぁ。ちょっと慢心《まんしん》してたかもしれないな」

辺境砦を出てから今まで、ルチマダという強敵と戦った以外は、あまりに楽な戦いばかりで勘が鈍っていたのは間違いない。

俺は反省しながら立ち上がると、自分の体を見下ろす。

「せっかく貰ったばかりのローブなのに」

ここに来るまでは新品のようだったローブも、激しい戦いの間にかなり汚れが付いてしまっていた。

「清浄魔法《クリーニング》っと。汚れただけで破れてる所はなさそうだな。よし」

清浄魔法《クリーニング》は、あくまで汚れを落とすだけの魔法だ。

もしどこかしら破損があった場合、それを直すのは別の手段が必要になる。

特にこのローブのような魔道具だと、俺自身では修復出来るかどうかはわからない。

「やっと終わったのう」

「時間がかかったわねぇ」

ホッと胸を撫《な》で下ろしている俺の元へ、リッシュとレントレットが軽い足取りで近寄ってくる。

「まさかダンジョン自身が襲ってくるなんて、普通は思わないじゃないか」

「それはお主の知っている範囲での『普通』じゃろ？」

俺のぼやきを、リッシュが一言で論破する。

「ちっちゃい頃からずっと砦にいたトーアちゃんには、そういう経験が足りないのよね」

「そうじゃったな、レントレット。トーアは砦を出るまでは外の世界のことをほとんど知らなかったわけじゃし」

王都で生まれ、幼い頃から辺境砦に放逐された俺は、砦とその周辺しか世界を知らない。

砦に預けられるときにカシート家がどういう契約をしたのかは知らないが、砦から遠く離れるような任務は一切与えられなかった。

だから俺には、砦とその近くにある小さな町で得た知識と経験以外はほとんどないと言って良い。

「砦を出るときに、皆に『世界を見てこい』って言われた理由がわかった気がするよ」

俺は魔力の粒子になって消えていくダンジョンの骸《むくろ》に目を向けながら呟く。

「ダンジョンは魔力の塊のようなものだから、死ぬと魔力になっちゃうのよね。でも――」

レントレットがそんなことを言いながら、消えゆくダンジョンの元へ歩いていく。

そしてその巨大な口に近づくと、両腕をその口の中に突っ込んだ。

「えいっ」

「ちょっ、何してるんだよ」

「何って。トーアちゃんのために戦利品を取ってあげようと思ってね。あった、あった」

ズボッとレントレットが腕を引き抜くと、その手の中に、俺の拳二つ分はあろうかという魔石があった。

「これは立派な魔石じゃのう」

「あんなにトーアちゃんを食べようとしてたからよほど飢えてるのかと思ったのに、結構溜め込んでたわねぇ。はい」

「うわっとっとっと」

レントレットが投げて寄越した魔石を、俺は慌てて受け取った。

ずしりと両手に重さが伝わってくる。

どうやらいつの間にか身体強化の魔法の効果が切れていたようだ。

「これは本体みたいに消えないんだな」

「それはそうよ。だってそれ、ダンジョンコアだもの。あのまま体の中にあったら魔力に戻って消えちゃうけど、ひっぺがしちゃえばその心配はないわ」

ダンジョンコアとはダンジョンの心臓のことだ。

ダンジョンはそこに魔力を蓄え、自らを守るガーディアンを生み出したり、魔力に誘われる魔物を体内に招き入れたりする。

「でもダンジョンコアってダンジョンの最奥にあるんだろ？　どうして頭に……」

「そんなの知らないわ。ただトーアちゃんとあいつが戦ってるときに口の中に魔石っぽいのが見えたから、もしかしてって思っただけよ」

「歪んだ魔力で生まれ育った魔物は、通常とは違った生態を持つからのう」

レントレットとリッシュの話を聞きながら、俺は手の上のダンジョンコアに目を向ける。

ダンジョンコアは、心臓としての役割を果たしている間はうっすらと光り蠢いている。

しかしダンジョンから引き剥《は》がすと、その輝きは消え蠢きもなくなり、硬質化して魔石と化してしまうのだ。

「ダンジョンコアって、こんな大きな魔石になるんだな。そりゃ国が欲しがるわけだ」

「それだけの魔力があれば、かなり強力な魔道具を作ることが出来るじゃろうしな。じゃが、ダンジョンコアを奪うということはそのダンジョンが生み出し続ける利益を失うのと同義じゃから、よっぽどのことでなければ手は出さん」

ダンジョンコアを引き剥がすと当然ダンジョン自体が死んでしまう。

そのため、特別な事情がない限りダンジョンコアの奪取は禁止されているのが現状だ。

ダンジョンから生み出される鉱物などの素材は、ダンジョンが生きている限り、ほぼ無尽蔵に得ることが出来る。

コア一つの価値と、生きている限り生み出し続ける資源を天秤《てんびん》にかけるならば、後者の方が圧倒的な利益になるのは自明の理である。

もちろんダンジョン資源が枯渇《こかつ》したという例がないわけではないが、それはごく稀《まれ》なことだ。

「これ、本当に俺が貰ってもいいの？」

「トーアちゃんが倒したんだもの。良いに決まってるじゃない」

「うむ。いつか使うこともあるかもしれんから持っておけ」

「じゃあ貰っとくよ」

二人の厚意を無下にするのも悪い。

俺はダンジョンコアの魔石を収納に放り込む。

「ふぅ……」

一段落して一息ついている俺の側に寄ってきたリッシュが、ニッカたちに貰ったローブを見て何やらニヤニヤと笑みを浮かべ口を開く。

「ほう、因果とは面白いもんじゃな」

「は？」

突然何を言い出したのかと、俺は首を傾げた。

「あら、ほんと。トーアちゃんも隅に置けないわね」

「砦を出てからまだそんなに時も経っておらぬというのに、もう娘っ子を幾人もはべらせおってからに」

娘っ子をはべらせる？

そんなこと、俺はしてないぞ。

「ちょ、ちょっと二人とも。何言って――」

わけのわからないことを言われ混乱する俺。

「ワシがこのローブを売った娘っ子たちはトーアの連れなのじゃろう？」

「あんな子たちにプレゼントを貰っちゃうなんて。トーアちゃん、モテモテねぇ」

そんなリッシュとレントレットの言葉で、俺は二人が何を言っているのかを、やっと理解した。

「まさか……このローブを彼女たちに売ってくれた二人組って」

「ワシらじゃよ」

たしかにニッカたちはドワーフとエルフの二人組だと言っていた。

まさかそれがリッシュとレントレットだなんて、考えもしていなかった。

「ということは、もしかしてこのローブを渡すつもりだった相手って、俺？」

「あら？　そんなことまで聞いたのね」

「そうじゃぞ。お主が砦に帰ってくると聞いてな、手が空いてる者で作ったんじゃが」

俺は王都から出るときに、伝書バードという通信手段を使って砦に手紙を出していた。

伝書バードというのは、所謂伝書鳩《いわゆるでんしょばと》のようなものだと思ってもらって構わない。といってもこの世界の鳩は、前世のものよりも数倍大きく、航続距離もとんでもなく長い別物だ。

その手紙には、俺がこれから仲間を二人ほど連れて砦に向かうと書いてあった。

途中で事故か何かで誰か他人に手紙を読まれる危険性を考えて、あまり詳しいことは書かなかったが。

「じゃが、いつまで経ってもお主がやってこなかったのでな」

「まさか、それで心配して俺を探しに？」

だとすると悪いことをした。

ドワーフの国にいたときに連絡すれば良かった。

そう反省しかけたのだが……

「そんなわけなかろう」

「は？」

「あたしたちは別件でこっちに来ただけよ。その間、偶然トーアちゃんと出会うかもしれないって思ってローブも持ってきただけでね」

「おかげで路銀が稼げて助かったぞい」

二人はあっけらかんとそんなことを告げる。

「まさかワシがスリに遭うとは思わんかったわ」

「だからあれほど収納バッグにしまっておきなさいって言ったのよ」

「腰にぶら下げる方が旅してる気分になるじゃろ」

「あのままだったら、アンタだけ宿の外で野宿することになってたわね」

「それも面白かったかもしれんな」

がっはっは。

あはははは。

相変わらず仲の良い二人の呆れた会話に、俺は懐かしさを覚えた。

ドワーフとエルフ。

世間一般では犬猿《けんえん》の仲だと言われているが、この二人は昔から仲が良い。

別に男女の関係というわけではなく、腐れ縁の悪友同士だと昔聞いたことがある。

ただそれ以上のことは、二人も、砦の皆も教えてくれなかった。

二人の過去に何があって仲良くなったのか、気にならないと言えば嘘になるが、いちいち人の過去を根掘り葉掘り聞く趣味は俺にはない。

俺だって前世については、なるべくなら話したくはない。

記憶が曖昧だという理由もあるが、死に至るまでの辛い記憶は、出来ればもう思い出したくないからだ。

「ローブのことはわかったよ」

俺は、ピッタリなサイズのローブの襟元をツマミながら、本題に入る。

「それじゃあ、どうして二人はこんな所に来たのさ？」

辺境砦には彼ら以外にも凄腕の猛者が揃っているが、かといって森からの魔物とエルフの相手はかなり大変だ。

そんな砦から、主力級の二人が抜けてまで大陸北へやってきたのだ。

ただの物見遊山なわけがない。

「ふむ。ここで会ったのも女神の導きかもしれんな」

「そうね。せっかくだからトーアちゃんにも協力してもらいましょう」

「そうと決まれば立ち話もなんじゃな」

レントレットの言葉に頷いたリッシュが、土魔法で椅子を三つ作り出し、座る。

続いて俺とレントレットが座るのを待って、リッシュが口を開いた。

「実はじゃな。トーアが王都に向かってしばらくした頃から、エルフどもの妨害工作が止まったのじゃ」

「止まった？　あれだけ毎日のように面倒くさいことを仕掛けてきた奴らが？」

「そうなのよ。十日くらいなら、大規模攻撃の準備で姿を見せなくなったことは今までにもあったんだけど……」

十日どころか二十日、三十日過ぎてもエルフは全く姿を見せなかったのだという。

不審に思った砦の面々は、東の海岸沿いを進み、幻惑の森の手前に作られたエルフの前線基地まで偵察《ていさつ》に向かった。

しかし、いつもであれば何人ものエルフが守りを固めているはずのその前線基地にも、エルフたちの姿はなかったらしい。

「さすがにおかしいと思ったんだけど、調べるにしても幻惑の森には入ったら迷っちゃうし、どうしようかって話になって」

「エルフと交易しとるヴォルガ帝国なら何かしら情報があるんじゃないかと思ってのう。ワシと此《こ》奴《やつ》で情報収集に来たというわけじゃ」

「あたしだけじゃドワーフの穴は通れないからね」

「そんでもってワシではエルフから話を聞けんからのう」

なるほど、なぜわざわざこの二人が選ばれたのか理解した。別に仲が良いからというわけではなかったようだ。

「それで、情報は手に入った？」

しかし二人は首を横に振る。

「はっきりしたことはわからんのじゃが、どうやら最近ヴォルガ帝国でもエルフの姿がほとんど見当たらなくなったらしいんじゃ」

「あたしみたいにエルフの国を捨てたエルフ以外は全員、何も言わずに森へ帰ったらしいのよね」

言われてみれば、たしかに魔都ではエルフをほとんど見かけなかった。

帝国とエルフの国は交易をしているはずなのに、商人らしきエルフは見た記憶がない。

「で、それだけの情報で帰るわけにはいかないし、もしかしたら幻惑の森に何か異変があるのかもしれないから、一応調べに行こうってね」

「その途中にここで休んでおったら、どこかで見た顔が変なトカゲに乗ってやってきたんじゃ」

「でね。せっかくだから驚かしてあげようかなって隠れて見てたら、あんなのに捕まっちゃうし。仕方なく助けてあげたってわけ」

サプライズ演出のために俺は死にかけたのか。

……いや、気が緩んでいた俺が悪いのはわかっている。

砦にいた頃の俺であれば、隠れていた二人の気配にも気が付けたかもしれないし、何よりダンジョンの攻撃を避けることなど容易だったはずだ。

「言いたいことは色々あるけど、とにかく……」

俺は少しの間目を閉じると、二人に向かって頭を下げた。

「助けてくれてありがとうございました」

二人がこの地にやってきた理由についてわかったところで、今度は俺が砦を出てから今までのことを話す番になった。

カシート家に帰って、予想通り正式に貴族家を追放されたこと。

砦で教えてもらったように冒険者としてギルドに登録に向かい、そこで暗殺されそうになったこと。

そんなドタバタの中で出会ったニッカとグラッサ。

そして判明した二人のレアスキルと、彼女たちを狙う者たちのと戦い。

腐敗した王都の貴族たちの始末は兄に任せ、俺はニッカたちの安全を考えて砦に向かうことを選んだことも。

「なるほどのう。お主が娘っ子を二人も連れて帰ってくると手紙を寄越した理由はそういうことじゃったのか」

「あたしたちはてっきり、もうお嫁さんを見つけたのかと思っちゃったわ」

聞けば辺境砦では、俺が嫁を紹介しに帰ってくるのだと思っている人たちがそれなりにいるらしい。

ニッカたちのことを詳しく書かなかったのが、まさかそんな影響を与えていたとは……不覚。

「なんだか砦に行きたくなくなってきた……」

からかわれるのは火を見るより明らかだ。

俺が肩を落としていると、リッシュが首を傾げる。

「それで砦に来るはずだったお主らが、どうしてヴォルガ帝国なんぞにいたのか教えてもらえるかのう」

帝国は、王都から砦へと向かうルートからは大きく外れているどころか反対方向だ。

リッシュの疑問ももっともである。

「それにもややこしい理由があるんだ」

俺は砦に向かう途中で起こった誘拐事件について語った。

チェキの持っている特別なスキルや、ルチマダが語った、彼の故郷を襲った悲劇を含めて、俺がドワーフ王国で経験した全てをだ。

「ふむ。その口ぶりからすると、ルチマダというのはずいぶんと強かったようじゃのう」

「ああ、あいつは強かったよ……本当に」

俺はルチマダとの戦いを思い出しながら、そう呟く。

「お主がそこまで言うとはな」

「魔法だけで言えば完敗だったたな」

「ルチマダって魔族は始祖の一族だったんでしょう？　人間のトーアちゃんじゃあどうしようもないわね」

「でも、俺は負けるとは思わなかったけどね」

うんうんと頷くリッシュに、俺は肩を竦める。

力と力で正面からぶつかり合えば、俺にも勝てない相手は山ほどいるだろう。

だが戦いは力だけじゃないことを、俺は砦で散々教え込まれてきたのだ。

力を持つ者は力に溺《おぼ》れ、過信を抱きやすい。

それは最大の隙になる。

結局ルチマダが自らの力を過信するあまり、俺に敗北したのがその証左だ。

「……しかし、ワシが昔に話してやった横穴のことを、よく覚えておったのう」

「小さい頃に一度聞いただけだったけど、子供心に乗ってみたかったから記憶に残ってたんだ」

地中を高速で走るトロッコなんて、冒険映画とかゲームみたいで面白いに決まってる。

実際は灯りもない暗いトンネルを走るだけで景色を楽しむなんてことも出来なかったが。

「そういえば、さっき話に出たチェキって子、あの三人の中にいた子よね。たしかハーフエルフの」

「ああ、俺たちはチェキがハーフエルフだってことを知らなかったから驚いたよ」

「つまりお主は、そのチェキという娘っ子の護衛としてヴォルガ帝国に来たというわけじゃな」

「そういうこと」

そして俺は続けて、ヴォルガ帝国に着いてからのことを二人に話す。

ただし魔王の正体については伏せておいた。

砦で匿ってもらう理由を説明しなければならないニッカたちと違い、ファウラの秘密は今伝える必要はないと判断したからだ。

なので適当に誤魔化しながら、エルフの——ラステルの来訪まで話を進める。

「ほう。エルフが魔王の所に出向いてきたと？」

「それは新しい情報ね」

俺は二人にラステルの不可解な言動を伝えた。

そして、その不可解な行動を怪しんだ結果、俺はエルフの国へ向かおうとしていることも。

一通り話を聞き終えると、代わりにリッシュとレントレットが口を開いた。

「砦を落とすのを手伝えとわざわざ言いに来たくせに、断られた途端に何の未練も見せず帰った……か」

「たしかにプライドだけは山より高いエルフの使者にしてはおかしな行動だわ」

「彼奴らの話の通じなさは、ワシらは身に染みて知っておるからのう」

「どうしてあんな種族になっちゃったのかしら……あたしが国にいた頃は、もっと素直で優しい種族だったのに」

ため息をつくレントレット。

詳しい話は聞いたことがないが、彼女がエルフの国を出たのは百年以上昔だそうだ。

エルフ族は人間よりも遥かに長寿とはいえ、百年という年月は一つの種族を大きく変えるには十分な年月だったのだろう。

「トーアの話から想像するに、やはりそのエルフに神託を授ける『女神』とやらが影響しとるのじゃろうな」

「そうね。でもその『女神』って、あたしたちが知ってる『女神』と一緒なのかしら」

「それはわからん。じゃが……」

リッシュはそこまで口にすると、俺の方を一瞥《いちべつ》して口を噤《つぐ》む。

「どうかしたのか？」

「いや、何でもない。ただ女神は十神によって封じられ、今も眠りについているはずなのじゃ」

難しい顔で首を傾げるリッシュに続けて、レントレットが自分の考えを口にする。

「だとすると誰かが女神の名前を騙《かた》ってエルフを操っているという可能性もあるんじゃないかしら？」

「でもラステルとかいうエルフは、創造神でしか知り得ないような女神の英知を授かったおかげで今のエルフ族はあそこまで強力な種族になったって……」

「トーアは、その英知ってどんなものかは聞いたの？」

そう問い返され、俺は首を横に振った。

「聞いてないけど……でもレントレットは昔のエルフ族のことを知ってるんだろ？」

「ええ、もちろんよ」

「だったら、その頃のエルフと今のエルフがどれだけ進化したかわかるはずだよね？」

「たしかにあたしがいた頃のエルフ族は、今より遙かに弱い種族だったわ。それでも……いえ、だからこそ皆で協力し合って暮らしていたの。もちろん他の種族を馬鹿にしたりすることもなかったわ」

「今のエルフと完全に別物じゃないか」

「そうね。一体何があったのか、あたしも前に一度エルフの国へ戻って調べようとしたのだけど。さっきも言った通り、今のあたしには森を抜けられなかったのよ」

どうやら、森にかけられた幻惑魔法は、昔よりも強力になっていたらしく、そのせいでレントレットでも突破出来なかったんだとか。

そのため、森へ出入りするエルフたちから話を聞き出そうとしたそうだが、森を捨てたエルフという存在は『はぐれエルフ』と呼ばれ、今も森の中で暮らすエルフたちにとっては同族とは見なされない。

彼らはレントレットの言葉に一切耳を貸さず、何の情報も与えてくれなかったという。

「今回も中に入れるとは思ってないわ。だけど、今の話を聞いたら、今度こそ諦めずにあの国のことを調べないといけないわね」

レントレットは、決意を秘めた目をしながらそう言って頷く。

「そうじゃな。しかし奴らから情報を引き出すのは前より難しいかもしれん」

「あたしの薬を使って、森の近くにいるエルフを捕まえて無理矢理にでも聞き出すつもりよ」

レントレットの瞳に凶悪な光が灯る。

もしかしたら自白剤みたいなものを彼女は持っているのだろうか。

ハーブエルフという二つ名を持つ彼女なら、そんな薬を造り出していても不思議ではない。

しかしリッシュが首を横に振った。

「お主もに話したじゃろ？　前線基地にすらエルフどもがいなかったことを」

「もしかして、リッシュは森の外には情報を聞き出せそうなエルフは、もういないって考えてる？」

「うむ。魔都で聞き込みしてワシらが得た情報を話しただろう」

たしか魔都にいたほとんどのエルフが、理由も話さずにエルフの国へ帰ったという話だったか。

その話が本当なら、エルフたちは森の中に全ての仲間たちを集めて引き籠もってしまっていることになる。

つまり、森の近辺にも一切エルフはおらず、情報を聞き出す以前の問題になっている可能性が高いということだ。

「だったらやっぱり予定通り、無理矢理にでも幻惑の森を突破して中に入るしかないよな」

俺がそう呟くと、リッシュとレントレットが驚きの表情を浮かべた。

「予定通りじゃと？　まさかお主、あの幻惑の森に入るつもりじゃったのか？」

「あたしたちだって今まで何度もあの森を突破しようとしたけど無理だったのよ。いくらトーアちゃんが優秀だって言っても不可能よ」

二人の反応を見て、ルチマダの話をしたときに二人に伝え忘れていたことがあったことに気が付いた。

俺は収納から、奴が全てをかけて作り上げた魔道具を取り出す。

「それは何じゃ？」

「魔道具かしら」

突然俺が取り出したそれが何かわからず困惑する二人に、俺はその正体を告げる。

「これはさっき話したルチマダという魔族が、ドワーフの力を利用して幻惑の森を突破するためだけに作り上げた魔道具、幻惑潰し《イリュージョンキャンセラー》さ」

ざくざくざく。

道のない荒れ地を進むモビドラゴンの背に揺られながら、俺たちはエルフが住む幻惑の森に向かっている。

「このドラゴンもどきはなかなか快適じゃな」

「重心が低いからかしら。思ったより揺れないわね」

二人も乗客が増えたというのに、モビドラゴンの速度は俺一人だけの時と変わらない。

ファウラから聞いた話では、モビドラゴンは移動用だけでなく物資運搬にも広く使われている動物らしい。となれば、むしろ俺一人だけでは軽すぎたのだろう。

「とりあえず二人の言う通り、エルフが森の外で警戒していないなら、このまままっすぐ森まで進んでも大丈夫ってことだよな?」

「そうね。少なくとも砦から偵察を出したときは、森の側まで寄ってもエルフは出てこなかったわ」

「いつもであれば、森に少しでも近づこうものなら一斉に風の刃が飛んでくるんじゃがな」

エルフ族にとって、砦を守る俺たちは憎むべき敵だ。

こちらから仕掛けたことは今まで一度もないが、それでも森に近づけば激しい攻撃を受けるのが当たり前だった。

「こっちから近づいても同じだといいんだけど」

「行ってみないとわからないわね」

俺が口にした願望に、レントレットが首を横に振る。

今のモビドラゴンの速度なら、休憩を含めてだいたい三日後の夕方には森の様子がわかる所までたどり着けるはずだ。

そこでモビドラゴンから降り、森へ向かいつつエルフが本当にいないか確かめ、いないことが確認出来たなら一気に森へ向かう。

幻惑の森の幻惑は、森の外周から五十メートルほど内側に入った所から牙を剥《む》く。

なのでまずは外周の森に忍び込み、そこで突入の準備をしてから幻惑潰し《イリュージョンキャンセラー》を発動させる予定だ。

「じゃが、その幻惑潰し《イリュージョンキャンセラー》とやらを使えば、エルフどもに感知されるのではないか？」

リッシュが不思議そうにそう言うが、俺はニヤッと笑みを返す。

「それは大丈夫。ドワーフ王国で色々調べてもらって、その後もニッカたちに手伝ってもらって実際に色々試してみたけど」

幻惑潰し《イリュージョンキャンセラー》は実は二種類の能力を持つことがわかっていた。

一つはルチマダがやろうとしていた幻惑の森の幻《まぼろし》を全て潰す《キャンセルする》能力だ。

ただ、その力を発揮するためには森を取り囲む必要があり、必然的に何本もの幻惑潰し《イリュージョンキャンセラー》が必要になる。

「で、もう一つの能力が今回使う予定の能力でね」

幻惑潰し《イリュージョンキャンセラー》の、もう一つの能力。

それは魔都でニッカたち相手にも試した、術者の周囲にかかっている幻惑だけを解除するというものである。

あのとき俺は、別に幻惑魔法のかかったニッカとグラッサを対象に幻惑潰し《イリュージョンキャンセラー》を発動させたわけではなく、周囲の空間にかかっていた幻惑魔法を解除したのだ。

「一本じゃ限界はあるけど、魔導回路に魔力をどれくらい流し込むかで、幻惑を解除する範囲を大きくしたり小さくしたり出来るんだ。だから今回はエルフたちに察知されないように俺たち三人が入る程度に限定しておけば問題ないと思うよ」

第四章

「ここも一緒じゃな」

「ええ、そうね。どこにもエルフの姿は見当たらないわ」

エルフの住む幻惑の森から数百メートルほど離れた岩陰で、俺たちは森の入り口にある検問所を兼ねて作られた砦の様子を探っていた。

いつもはエルフだけでなく、彼らと交易をする商人たちが沢山いるはずの砦は閑散《かんさん》としていて、誰の姿も見えない。

「さすがに不用心すぎないか？」

エルフの国へ入るには、幻惑の森の中を進む必要があり、魔族ほどの力を持つ種族であっても、森の幻惑を破ることは出来ず、彷徨《さまよ》った果てに結局は森の外へ出てしまう。

今まであればそんな鉄壁の守りがあっても、エルフたちは森に勝手に近づくことすら許さなかった。

許可なく侵入すれば、森に入ったとたんどこからともなくエルフの魔法が四方八方から飛んでくると聞いている。

幻惑に惑わされた状態で、そんなエルフたちの攻撃を防ぐことは至難の業《わざ》だ。

そして、森へ侵入した者の屍《しかばね》は、見せしめのために森の外に無残に放り出されることになる。

そういうわけで、森の中に入るためにはまず関所である砦で許可を貰わなければならないのだが、今はその門は固く閉じられ、いつもは門の前や上で警備をしているエルフの姿も見えない。

「で、どうする？」

「どうするって、行くしかないじゃない」

「うむ。エルフどもが何をしようとしてるのか突き止めねばならんしな」

俺たちは三人顔を見合わせ、頷き合う。

ここまで来て引き返すなんていう選択肢は俺たちにはない。

「とりあえずモビドラはここに置いて歩いていくとして」

ファウラの話だと、モビドラゴンは適当な場所で乗り捨てても問題ないらしい。

乗り捨てた場所の近くで二日ほど待機した後、勝手に元の場所へ戻るように調教されているそうだ。

つまりこのモビドラゴンの場合は、放っておいても魔都へ一匹で帰るから問題ないということだ。

「一応用心のためにこれを使うから、二人とも離れずに付いてきてくれよな」

俺は魔王城で使った、気配と姿を消す結界魔道具を取り出す。

「ほう。それはダルウィーの魔道具か？」

「砦を出るときに餞別だって貰ったんだ」

ダルウィーというのは辺境砦で主に魔道具製作をしている翼人族《よくじんぞく》の女性だ。

俺が住むこの大陸では彼女以外の翼人族はほとんど見たことはないが、彼女の出身地である遠く離れた別大陸では、それほど珍しい種族ではないらしい。

鳥というより人間の腕が翼になったような姿で、その翼の先の羽が人間族の指と同じように器用に動き、複雑な工作を可能としている。その精巧な動きは、ドワーフをも上回るほどだとも言われている。

ただ、魔力操作については人間族よりも苦手なせいで、彼女一人では魔道具を起動させることが出来なかった。

そのため砦では、俺も含めて魔力操作が得意な者たちが彼女に協力して、魔道具製作を手伝っていたのだ。

いや、実験台にされていたと言う方が正しいか……。

「色々やらされたもんな」

俺が当時のことを思い出してややげんなりしていると、リッシュが楽しそうに笑う。

「お主はダルウィーのお気に入りじゃったからのう。お主が砦を出ていってから、彼奴はかなり落ち込んでたのじゃぞ」

「見送りのときはそんな気配なかったのに」

「あの娘《こ》は見栄っ張りだからね。弟子にそんな姿は見せたくなかったのよ」

俺たちは昔話をしながらモビドラゴンから荷物を降ろし、準備を進める。

「結界魔道具起動、っと」

やがて準備が終わったのを確認して、俺は結界魔道具を起動させる。

同時に周囲に結界が張られ、その中に二人が入り込んできた。

「狭いのう」

「うふふ。トーアちゃんに抱きついちゃおうかしら」

「暑いからやめてくれ」

緊張を隠すように軽口を交わしながら、俺たちは幻惑の森に向けて慎重に歩を進めていく。

だが結局、エルフたちが関所代わりにしている門を通り過ぎても、何も起こらなかった。

俺たちはそのまま門を通り過ぎ、エルフたちが宿舎に使っているらしき建物を横目に、外部の者たちと交易や交渉を行うために森の外周近くに作られた広場までたどり着いた。

「やっぱり誰もいそうにないな」

広場にはもちろん、いくつかある建物からも人の気配は一切感じない。

本当にエルフたちは、外周どころか少しばかり森に入ったこの場所からも完全に姿を消してしまっているようだ。

「さてと、ここからが本番だ」

幻惑の森の力が及ばないのはこの広場までのはずだ。

俺は収納から幻惑潰し《イリュージョンキャンセラー》を取り出す。

「その魔道具が効くことを祈ってるわ」

「効かなかったら別の手段を考えるだけさ」

「そんなのあるの？」

「ないけど、そのときはそのときだよ」

「無責任じゃの」

呆れたような表情のリッシュに俺は肩を竦めてみせ、幻惑潰し《イリュージョンキャンセラー》を構えながら幻惑の森へ近づいていく。

そして森の奥に向かう道の直前で足を止め――

「効いてくれよ、幻惑潰し《イリュージョンキャンセラー》」

幻惑潰し《イリュージョンキャンセラー》に向けて魔力を流した。

「ほう」

「あら。まさかここも幻惑だったなんて」

幻惑潰し《イリュージョンキャンセラー》に魔力を流した途端だった。

今まで広場だと思っていたその場所が、一瞬にして姿を変えたのである。

「広場は幻惑の範囲外じゃなかったのかよ」

いつの間にか、俺たちの頭上には屋根があった。

どうやら広場だと思っていたこの場所は大きな建物の中だったらしく、サーカスのテントを木造にしたようなその建物は、直径五十メートルほど、屋根の高さは十メートルもある立派なものだった。

「みんな騙《だま》されていたってわけね」

「何のためにこんな作りにしておるのかはわからんが、一つ確かなことは……」

「ええ。トーアちゃんのその魔道具は、森の幻惑をちゃんと消すことが出来るってことよね」

レントレットの言葉に、俺は頷く。

とにかく、これで今回のエルフの国侵入計画での最大の懸念点は解消したと言っていい。

俺はホッとしながら、二人に向かって「先に進もう」と告げた。

そうして俺たちは、幻惑潰し《イリュージョンキャンセラー》を使いながら、俺たちはエルフの国の中心地である首都ランドリエールに向かう道を進む。

ありがたいことに、レントレットが住んでいた頃と道順は変わっていなかった。

そのおかげで、いくつかの分かれ道を迷うことなく進むことが出来たのは思わぬ幸運だったといえよう。

彼女曰《いわ》く、景色も昔とほとんど変わっていないらしい。

エルフとしても、自分たちの命綱でもあるこの森を開発することは避けたのだろうか。

そんなことを考えつつ、俺たちは警戒しながら道を進んでいく。

その道中、所々でエルフの集落を見かけた。

だが、そのどこにもエルフたちの姿は見当たらず、ただ不気味な静寂だけが取り残されていた。

「まるでゴーストタウンだな。いったいエルフたちはどこへ行ったんだろう？」

俺がそう零すも、その答えを持っている者は誰もいない。

そうして森に入って体感で半日ほど。

入り口からいくつかの分かれ道を過ぎて、三つ目の集落にたどり着いた俺たちは、いったんそこで休憩を取ることにした。

木々の間に木造の家が二十軒ほど、自然に埋もれるように建っている姿は、外の世界では見られないエルフの国らしい景色だ。

木漏《こも》れ日が浮び出す街並みに、思わず俺は見とれてしまう。

だが、そんな美しい景色の中にも、住人であるエルフは一人もいなかった。

「こちらとしては好都合じゃが、ここまで誰もおらんと不気味じゃな」

「そうね。森の外だけじゃなくて、中にこれほど入り込んでも誰もいないとは思わなかったわ」

森の木々のざわめきと、遠くから聞こえる獣の声以外は何も聞こえない無人の集落は、美しくも不気味だ。

心の中に、言葉にならない不安が満ちていく。

「とにかく、日が暮れる前にランドリエールに着いた方が良いかも」

「そうじゃな。さすがにそこまで行けば誰かいるじゃろ」

「もしいなかったら？」

「そのときはそのときじゃよ。よっこらせ」

不安になって零してしまった俺の言葉に、リッシュが立ち上がりながら笑って答える。

続いて俺たちも立ち上がり、休憩のために出していた水筒や小型の机などを収納にしまう。

「次はどっちに行けばいい？」

「あっちよ」

レントレットが指す方向に目を向けると、建物と建物の間に続く道が見えた。

建物も道も、元の自然をなるべく壊さないように作られているせいで、素直にまっすぐな道は森の中に存在しない。

「幻惑魔法にかかってなくても、たどり着けなさそうだ」

「そんなのは慣れよ、慣れ。ほら、急ぐんでしょ？」

レントレットはそう言って笑うと、俺の手を引いて首都ランドリエールへ向かう道に向かって歩き出したのだった。


薄暗い道を、どれだけ進んだだろう。

あれから二つほどの無人の集落を通り過ぎた先に、それはあった。

「これが幻の都ランドリエール……」

確認のためにと登った開けた高台からは、エルフの国の首都ランドリエールがよく見えた。

エルフ以外にはたどり着くことも出来ない、森の奥に潜む都。

その姿を見た人間は、多分俺が初めてだろう。

幻惑の森の奥深くにぽっかりと開《ひら》けたその広大な空間は、天高く伸びる木や蔦によって、ドーム状に覆われていた。とはいえ日の光が差すように隙間もしっかりと作られており、陽の光を遮らない工夫が見て取れる。

そのドームの下には、中央に巨大な建物。

それを中心に木造の建物が円を描くように広がっているその町並みは、言葉では言い表せないほど美しかった。

中央の建物は巨大な教会だそうで、その周りには行政関連の建物が集まっている。

そこがこの国の中枢部《ちゅうすうぶ》だとレントレットが説明してくれた。

町中にはいくつかの泉が点在し、空から差し込む光を美しく反射させることでランドリエール中に光を届ける仕組みになっているという。

「綺麗だ」

「でしょ？」

「とてもあの畜生《ちくしょう》なエルフどもの首都とは思えんな」

リッシュの辛辣《しんらつ》な言葉にも、レントレットは何も言い返さない。

彼女も辺境砦でエルフの悪辣《あくらつ》な攻撃を受けていた側なのだから当たり前かもしれないが。

「その畜生なエルフがいるわね」

そしてレントレットの言葉通り、エルフたちはこの首都にいた。

「そうじゃな。ここにもいなかったらどうしようかと思ったが、少しばかりホッとしたわい」

まさかエルフたちの姿を見てホッとするようになるとは思わなかった。

とはいえ——

「少なくないか？」

ランドリエールの道を行き来しているエルフの数が、町の規模からしても明らかに少ないのだ。

森の外どころか集落からもエルフたちが集まっているはずなのに、見える範囲で百人を越える程度しか人々の姿が確認出来ない。

しかもそのエルフたちも中央の行政区辺りに集中していて、首都の外縁部には全く姿がない。

建物の中に潜んでいる？

いや、エルフの建物は基本的に小ぶりなものばかりで、比較的大きな行政区の建物も、それほどの人数が入れるようには見えない。

だとすると、大半のエルフたちはここにはいないということになる。

「こんな所で考えていても時間の無駄だな」

「うむ。さっさとエルフをとっ捕まえて、奴らが何をしようとしてるのか聞き出した方が早そうじゃ」

「そうと決まれば一気に行くわよ」

俺たちはお互いの顔を見て頷き合うと、高台を駆け下りる。

そのままランドリエールに向かうと一番近い民家の陰に飛び込み、中の気配を探った。

「やっぱり誰もいないな」

「たぶん他の家も無人でしょうね」

「では一気に中央まで行くとするかの」

俺たちは物陰に隠れながら、エルフの気配を探りつつ先へ進む。

しかし、やはり高台から見た通り、中央の行政区に近づくまで誰の気配も感じなかった。

「ここからは今まで以上に注意して進んだ方がいいわね」

行政区まであと少しという所までたどり着いた俺たちは、エルフたちが行き交う行政区の様子を窺いながら、いったん作戦会議のために建物の陰に座り込む。

「外を歩いてる奴を攫うのは……難しそうだな」

俺のその言葉に、二人は頷く。

何人ものエルフたちが道を歩いてはいるが、誰にも気付かれず攫えそうな所には誰もいない。

「道を歩いてる人を攫うより、建物の中にいる人を狙った方が良いんじゃないかしら？」

「しかし建物の中がどうなっているのか、ワシらにはわからんのじゃぞ。危険すぎるじゃろ」

もちろん、力ずくで攫うことは出来るだろう。

俺だけならまだしも、レントレットやリッシュが一緒にいる以上、戦いになったとしても負けるとは思えない。

だが、そんなことになれば俺たち侵入者の存在がエルフたちにバレてしまう。

風魔法を自在に操る彼らは、風を使った連絡手段にも長《た》けている。

たとえ力でねじ伏せたとしても、他の連中にその情報が届くことを防ぐのは不可能に近い。

「建物の中に忍び込んで盗み聞き……ってのもエルフ相手だとバレるだろうし」

俺の持つ結界魔道具では、魔法に長《た》けたエルフ相手には気付かれる可能性が高い。

もちろんある程度距離が離れていれば見つかることはないが、建物の中でエルフとの距離が近くなれば、そうもいかない。

「こんなことなら、ファウラに付いてきてもらえば良かったな」

彼女の隠密《インビジブル》であれば、エルフに気付かれず建物に侵入することも容易《たやす》かったに違いない。

もちろんこんな危険な場所まで彼女を連れてくるなんていう選択肢は、最初からありはしないのだが。

そんなことを考えているときだった。

――シュタッ。

「話は聞かせてもらいました」

突然頭上から、声と同時に一人の女エルフが俺たちの目の前に飛び降りてきた。

「！」

俺たち三人は突如《とつじょ》現れた女エルフから一瞬で距離を取ると、それぞれ武器を構える。

どうやら一人らしい……だが、仲間を呼んでいるそぶりもない。

エルフというのは傲慢《ごうまん》な種族だ。俺たちを自分一人で始末出来るとでも思っているのかもしれない。

「こうなったらしかたない。他のエルフが来る前にこいつを確保しよう」

俺は二人に小声でそう伝えると、エルフに向かって駆け出そうとし――

「待ってくれ。私はお前たちと話をしに来ただけで、通報はしていない」

そんなことを言うエルフに敵意がないことに気が付いて、その手を止めた。

「話だと？」

「そうだ。もし私の話を聞いて、それでも殺したいなら殺してくれても構わない」

「……」

思ってもいなかった言葉に、俺たちは困惑する。

だが、この女エルフが俺たちに危害を加える気がないのが本当であることは伝わってきた。

戸惑う俺たちを見て、女エルフが話を続ける。

「君たちは、今エルフが何をしているのか知りたいのだろう？」

女エルフの言う通りだ。

そのために俺たちは、危険を承知で敵地であるこの森へやってきたのだから。

「どうする？」

女エルフから視線を離さず、俺は二人に判断を委《ゆだ》ねる。

「そうねぇ、他のエルフに知らせてないのは本当みたいだし、話くらいは聞いてあげてもいいんじゃないかしら」

「危険を冒さずとも情報を手に入れられるかもしれんしな」

レントレットもリッシュも、特に異論はないようだ。

まさに危険を冒して情報を得ようとしていた俺たちにとって、女エルフの言葉が嘘でなければ千《せん》載一遇《ざいいちぐう》のチャンスと言える。

俺はゆっくりと構えを解き、手にした武器を収める。

「ふぅ……信じてくれて良かった」

それまで一切表情を変えなかった女エルフだったが、俺が武器を仕舞うと同時に大きく息を吐いて安堵《あんど》の表情を浮かべた。

どうやら彼女も内心では、俺たちがどう判断するか戦々恐々《せんせんきょうきょう》だったようだ。

「それで話ってなんだ？　言っておくが俺たちを騙すつもりなら――」

「騙すつもりなら、危険を冒してまで話しかけたりはしないさ。それにあの森の幻惑を突破出来るほどの猛者とやり合う気もない」

女エルフはそう言うと、右手のひらを自らの左胸に当てながら軽く頭を下げる。

「まずは名を名乗っておこう。私の名前はレアルス。反女神を掲げる組織、ウィレンディの代表をしている者だ」

「ほう。エルフの中に女神に反抗する者がいるとは、初耳じゃ」

リッシュが目を丸くしていたが、俺も初めて聞く話だ。

エルフは国を出た者たち以外は、全てあのラステルのように女神の狂信者だと思っていた。

「私たちウィレンディは家族を……砦攻略戦で愛する人を、女神の言葉を信じた故に失った者たちの集まりなのだ」

「……」

昔はどうあれ、エルフ族というのは今ではこの大陸でも屈指の強者である。

そんな種族を相手に、俺たちは手加減をする余裕はなく、幾人ものエルフの命を奪ってきた。

もしかしたら俺が倒したエルフの中に、彼女の大切な人がいたとしても不思議ではない。

俺は何も言えず黙り込む。

「君は優しいな」

「えっ」

「私の言葉を聞いて辛そうな顔をしたのは、君もあの砦の一員だからだろう？」

「……」

「私の愛する人は、あの砦へ向かい、そして命を失った」

やはりそうだったのか。

もちろん、俺が直接手をかけたエルフがその人かどうかはわからない。

だが、違うとも言い切れない以上、俺はなんと答えたらいいのか。

そんな俺の葛藤《かっとう》を見抜いたように、レアルスは小さく首を振る。

「君が気に病む必要はない。そもそも戦を仕掛けたのは我々エルフの方で、君たちの方から我々を攻めることは一度もなかったのだから」

レアルスは瞳に僅かばかりの寂しさを浮かべ、それでも笑顔で俺にそう告げる。

きっと失った人を思い出しているのだろう。

「うむ。そのエルフの言う通りじゃ」

「そうよ、トーア」

リッシュとレントレットが、落ち込んだ俺を慰めようと声をかけてくれる。

俺たちは一方的に攻め込んできたエルフたちを撃退した。

エルフたちの攻撃は激しく、とてもではないが手加減をするような余裕はなかった。

一瞬も気が休まることがない命の奪い合いは、双方無傷で終われるような戦いであるはずもなく、些側にも命を失った者もいた。

そしてそれは、もしかすると俺だった可能性もあるのだから、俺が気に病むことはない。

二人はそう言いたいのだろう。

「ありがとう。でも、もう大丈夫」

俺は二人に礼を言うと、レアルスに向き直る。

「それで君たちの組織……ウィレンディの人たちは、女神の言葉に疑いを持った人々が作った組織ということ間違いないか？」

「その通りだ。我々は女神の神託……いや、女神そのものに疑いを持っている」

帝国に来たラステルは、女神の言葉は絶対だと信じて、疑う様子は微塵《みじん》もなかった。

それは一種、洗脳にも近い信仰心《しんこうしん》に思えた。

一方、レアルスたちウィレンディの人々は家族や愛する者の死によって洗脳が解け、女神という存在に疑いを持ち、敵である俺たちの協力を得ようとしている。

おそらく、彼女たちウィレンディはエルフ全体からするとかなりの少数派なのだろう。

もし彼女たちが多数派であれば、自らの命の危険を冒して俺たちに協力など求める必要もなく、ラステルたち狂信者の暴走を抑えることが出来ていたはずだからだ。

「わかった。信じるよ」

俺はそう告げると、真剣な表情でレアルスの目を見返しながら続けて言葉を放った。

「じゃあ、早速だけど今エルフが何をしようとしているのか教えてくれ」

「ああ。だがこの場で長話をするのは他のエルフに気付かれる危険がある。場所を変えよう」

レアルスのその提案を受けて、俺たちは彼女たちの隠れ家へ向かうことになった。

隠れ家へは近くの家から隠し通路で向かうらしい。

俺たちは彼女に案内されてその家に向かった。

やがて何の変哲《へんてつ》もない木造の家にたどり着き中に入る。

レアルスが部屋の床板を持ち上げると、そこには地下へ続く階段が隠されていた。

階段の壁面には所々魔法の灯りが灯っていて、足下を踏み外すこともない。

俺たちはレアルスを先頭にしてしばらく階段を降り、続いて一直線に続く通路を進んでいく。

通路は大人が二人並んで歩ける程度の広さがあり、高さも背の高い大人が通っても問題ないほど余裕がある作りになっている。

そんな通路を体感で百メートルくらい進んだ先に、鉄製の頑丈な扉が待ち構えていた。

「ここだ」

レアルスが扉を『とんとんとん。とととんとん。とんととん』とリズミカルに叩く。

たぶんそれが扉を開く合図なのだろう。

——ぎぎぎぎぎ。

重そうな音を立てて、ゆっくりと扉が開いていく。

そして人が通れないギリギリまで開くと、その隙間から女の声がした。

「レアルス。どうだった？」

「客人を連れてきた」

「客人って誰なの？」

「私たちを救ってくれるかもしれない、外から来た猛者たちだ」

そんな会話が二人の間でしばらく続き、しばらくして扉がまた開き始めた。

「――ごめんなさい。まさかレアルスが他種族の方を連れてくるなんて思わなくて」

扉の向こうから姿を現したのはレアルスよりも小柄な、人間で言えば十五歳前後に見える少女だった。

「いや、警戒するのは当たり前のことさ」

俺がそう答える横で、レアルスの口から衝撃の言葉が放たれる。

「母さん。詳しい話は奥でするから」

「え？　この人ってレアルスの？」

「母だ」

嘘だろ。

「初めまして。レアルスの母のラミリエです」

両手を体の前で揃え、頭を下げるその仕草と言葉使いからは、たしかに母親っぽさを感じる。

……そういえば俺が王都のギルドで戦ったエルフのテオも、見かけは少年と言える姿をしていた。ヤツの年齢は知らないが、見かけ通りではないのは確かだろう。

だとすれば、目の前の少女も見かけ通りの歳でなくてもおかしくはない。

どうやら俺はまだまだエルフの生態についてよくわかってなかったようだ。

「トーアです」

「ワシはリッシュじゃ」

「レントレットよ。貴女たちが言うはぐれエルフね」

俺たちは互いに名乗り合ってから、今度はラミリエの先導で隠れ家の奥へ向かって歩き出した。

隠れ家の中は、魔法の灯りのおかげで地下だというのにかなり明るい。

通路の左右にはいくつもの扉が並んでいる。

その扉の一つをラミリエが開くと、そこは部屋ではなく別の通路だった。

レアルスに尋ねると、扉の向こうは部屋になっていたり倉庫になっていたり通路になっていたりと、見かけだけではわからないようになっているらしい。

もしこの隠れ家にウィレンディの敵対者が入り込んだときのことを想定して、慣れない者が迷うようにしているそうだ。

「たしかに案内がなければ迷ってしまうだろうな」

「中には罠《わな》が仕掛けられている扉もある。むやみに開けないでくれ」

興味本位で途中の扉に手を伸ばしかけていた俺の手を、レアルスが押さえる。

どうやらこの扉の先にその罠があったようだ。

「わかった。もう勝手に開けようとしない」

俺は扉に伸ばした手を引っ込めながらそう言って、苦笑いを浮かべる。

「じゃあ行こう」

好奇心は猫をも殺すってやつだな……なんて考えつつ、そこから先は前を行くラミリエだけを見ながら進むのだった。


いくつかの扉を抜け、途中何度か分かれ道を曲がって俺たちがたどり着いたのは、十人程度は入れそうな広さの部屋だった。

中央には楕円《だえん》形の机が置かれ、その周りに椅子が並んでいる。

壁には黒板のようなものがあり、エルフの文字によってその半分ほどが埋まっていた。

「とりあえず座ってくれ」

レアルスの言葉に従って、俺たちは机の右側に三人並んで椅子に座る。

それを見たエルフの二人が、机を挟んで反対側に座った。

「さて、それではエルフ族が今何をしようとしているのかについて話そう」

準備が整ったとばかりにレアルスが語り出す。

「まずは単刀直入に言おう。今、エルフ族は――」

彼女はそこで一呼吸置くと、とんでもない言葉を言い放つ。

「――第二の魔王を目覚めさせようとしている」

「どういう意味だ？」

その言葉は俺たちを驚かせるのに十分なものだった。

第二の魔王？

魔王と言えば、それはヴォルガ帝国の皇帝、つまりエムピピとファウラのことだろう。

しかし第二の魔王とは一体どういう意味なんだ。

「言葉通りの意味だ。我々は……いや、女神の使徒を自称するエレシアの連中は、女神の神託に従って、帝国の魔王をも上回る力を持つという第二の魔王を見つけ出したのだ」

「エレシア？」

「ああ。エルフの国王を始めとした、女神の狂信者たちがそう自称しているんだ」

古代エルフ語で『神の選民』という意味らしく、自分たちは女神に選ばれた者たちだと主張しているわけである。

ちなみにウィレンディとは『自由な者たち』という意味で、女神の呪縛《じゅばく》から解かれたことを示しているらしい。

いや、そんなことより……

「魔王を上回る者を見つけ出したって言ったか？」

まさかエムピピ以外にも、前世の世界のマシンがこの世界に転移してきていたのだろうか。

一体どういうことだ？

「女神の神託によれば、ヴォルガ帝国の魔王エムピピは魔族でも何でもない『魔道具』だと我らは教えられた」

「……」

「魔道具ねぇ」

「ふむ」

たしかに高度な科学によって作られた機械なんてものを知らないこの世界の人たちには、エムピピは魔道具としか思えないだろう。

だが、女神はどうしてそれを知っている？

俺はレアルスの話に困惑しつつ彼女の話の続きを待つ。

「しばらく前のことだ。女神から新たな神託が下った」

エルフの全力をもってしても辺境砦を落とすことが出来ず、戦況は膠着《こうちゃく》状態に陥っていた。

元々長寿故に出生率が低く、この大陸に住む種族の中でも総数が少なかったエルフたちだったが、繰り返される敗北によってその数を更に減らす結果となっていた。

これ以上戦いを続けるのは不可能だと誰もが察していたが、それでも国王を筆頭にした女神を信じる狂信者たちに導かれ、エルフは最後の決戦を挑もうと全戦力を呼び戻したという。

おそらく、最近になってエルフが他の国から姿を消したというのは、それが原因なのだろう。

そんな最中《さなか》だった。

女神から新たな神託が下ったのは。

「あの魔族たちの頂点に立ち、ヴォルガ帝国を築き上げた最強の魔族。その魔王を上回る力を持つ第二の魔王の存在を、女神から告げられたのだ」

神託の中で、女神は魔王の正体を『自律型魔道具』だと語り、魔王を操る者の存在についてもほのめかした。

「第二の魔王は、魔族領のとある場所に埋もれていた。そしてエレシアの連中によって既に発見され、近々この幻惑の森へ運び込まれるとの情報が入っている」

「もしそんなのがエルフの総戦力と共に砦を襲ってきたら……」

「いくら私たちだって防ぎきれないわ」

ちらりとレントレットを見ると、首を横に振られた。

魔王の正体であるMPRDは、あらゆる環境の中で活動出来るように作られている。

たとえ溶岩の中であろうとも活動出来る外殻は、俺の全力の魔法ですら防ぐ可能性がある。

……ルチマダ以上の力をもつ魔族ですら魔王に敗北し軍門に降ったという事実がある以上、俺の攻撃は通じないと考えた方がいいかもしれない。

そんな魔王と同等か、それ以上の力を持つ何かが本当に存在するのだとしたら、俺たちはどう戦えば良い？

「ここからが本題なのです」

第二の魔王をどう倒せばいいのかを考えている俺の耳に、ラミリエの声が届く。

「レアルス。女神の神託の続きを皆様に」

「わかっている。実はここからが、私が貴方たちに協力してほしい案件なんだ」

レアルスはそう言うと一呼吸して、再び口を開く。

「第二の魔王についての神託は二つ。一つは第二の魔王と呼ばれる魔道具が存在する場所。そしてもう一つは、第二の魔王を目覚めさせることが出来る者についてだ」

「もしかして、第二の魔王とやらは誰でも操れるわけじゃないのか？」

「いや、操ることは出来るらしい。ただ、その魔道具を起動させるには特別な者が必要らしくてな。貴方たちには第二の魔王の目覚めを防ぐためにその者の保護をお願いしたいのだ」

なるほど、もし第二の魔王がエムピピと同じくこの世界に転移した元の世界の何かだと考えれば、レアルスの言っている意味も理解出来なくもない。

たぶん第二の魔王には、セキュリティロックがかかっているのだろう。

俺の記憶だとあの時代のセキュリティロックで主流だったのは、虹彩認証《こうさい》を利用した生体認証である。

虹彩認証とは、人間の瞳に存在する虹彩を利用したもので、同一の虹彩を持つ人間が存在する確率は十の七十八乗分の一程度しかないため、指紋認証などよりも遥かに強固なセキュリティと言われていた。

きっと第二の魔王を起動するには、それに登録されている虹彩と同じものを持つ誰かが必要なのだろう。

そして、その十の七十八乗分の一の確率を突破した人物は――この世界に存在する。

しかしそれは自分から伝える必要がないと判断した俺は、あえてレアルスに尋ねる。

「その目覚めさせることが出来る者って、一体誰なんだ」

「女神も名前までは口にしなかったそうだ」

「は？」

「しかし、その者がどこで何をしている者かについては、神託で告げられたと聞いている。その中身は知らないがな」

そして続くレアルスの言葉に、俺の顔は一瞬にして青ざめることになる。

「砦を落とす切り札となる第二の魔王を目覚めさせることが出来る者の確保は、絶対に失敗が許されない。そのために選ばれたのが、エレシアの精鋭中の精鋭。王が一番信頼を寄せる部下であるラステルという者だ」

「ラステル……まさか奴の狙いは」

ファウラだったのか。

だとしたらあのときの奴の行動にも納得がいく。

ラステルの目的は魔王を砦攻略に引きずり出すことではなく、その『魔王を起動させた者』を探しに来たというわけだ。

俺の反応に気付いたレアルスが首を傾げる。

「知っているのか？」

「ああ。魔王への謁見に来た魔族だ……だけど奴は何もせずに帰ったはずだ」

「それはおかしい。ラステルが帰ってきたなんていう話は聞いていない」

俺の言葉を、即座にレアルスが否定する。

「そもそも、あのラステルが女神から与えられた使命を果たさずに戻るとは、私には思えないしな」

「……」

まさか、あの男は帰ったと見せかけて、まだ魔都に隠れ潜んでいたというのか。

だとすれば、俺が魔都を旅立ったのは失策だったかもしれない。

「すぐに魔都へこのことを伝えないと！」

俺はファウラに身の危険が迫っていることを伝えようと、椅子を蹴り飛ばす勢いで立ち上がった。

だが、それはどうやら遅かったらしい。

「た、大変だレアルス！」

俺が立ち上がったのと同時に、部屋の扉が激しい音を立てて開き、エルフの男が飛び込んで来た。

「何かあったのかグレイグル？」

額に汗を浮かべ飛び込んで来た男の名はグレイグルというようだ。

レアルスの様子からすると、彼もウィレンディの一人なのだろう。

「お、落ち着いて聞いてくれ」

むしろお前が落ち着け。

そう言いたくなるほど焦った表情で、グレイグルはとんでもないことを口にした。

「ラステルが魔王エムピピを魔都から連れて帰ってきやがった！」

その予想外の内容に俺たちも、レアルスたちでさえも言葉を失ったのだった。

◆　◇　◆　◇　◆

エルフの住む幻惑の森の北側で、数千人のエルフが一つの大きな輪を形作っていた。

輪の中央には小山のような物体が置かれ、エルフたちの視線のほとんどがそれに向けられている。

その物体こそ、神託によって掘り出された第二の魔王だった。

「よくやった、ラステル」

その物体から少し離れた場所。

エルフにしては珍しく髭《ひげ》を生やし筋肉質な体躯の男が、目の前で片膝を突き頭を垂れる男——ラステルに向かってそう言った。

髭の男の名はランドロス。

エルフの国であるランドリエールを治める国王である。

「全ては女神様の仰せのままに」

ラステルはそう答えると、下げていた頭を上げる。

そして王を守るかのように左右に立つ四人のエルフの視線が自分に向いていないことに、僅かばかり気分を害する。

王の左右に並び立つ四人のエルフ。

彼らはエルフの国を実質的に治める長老たちだ。

もちろん最終的に国の政策を決定するのは王だが、長いエルフの歴史の中で、長老会の提案を却下された例はほぼないと言われている。

そんな彼らの興味は今、王の前に跪くラステルではなく、彼の後ろで地面に横たわる三つの人影に向いていた。

もしこの場にトーアがいたならば、その三人の名を叫んだかもしれない。

なぜならそれは、本来であればこんな場所にいるはずがないニッカ、グラッサ、チェキの三人だったからである。

「して、どれが例の者なのだ？」

王の左に立つ壮年のエルフが、倒れたままピクリとも動かない三人を顎で示すように尋ねる。

「どれでもありません」

「なんだと！」

ラステルの言葉に、今度は右側の女エルフがいきり立つ。

「貴様。我々を、女神様を謀《たばか》ったのか？」

「ただでは済まんぞ」

女エルフだけでなく、他の長老たちも語気を荒らげてラステルに詰め寄ろうとする。

「慌てるな！」

そんな長老たちを、ランドロスの一喝《いっかつ》が止めた。

「お前たちも、このラステルが女神様を裏切るわけはないことぐらいはわかっておろう」

「そ、それは……」

「たしかに」

ランドロスは長老たちが落ち着いたのを確認すると、ラステルと目線を合わせるようにかがむ。

「お前は先ほど私に、『目覚めの者』を連れてきたと言ったのではなかったかな？」

「はい。私は嘘は申しておりません」

そう答えるとラステルは後ろを振り返り、地面に横たわる三人を見る。

「あの三人は、魔王を釣る餌でしかありません」

「餌だと？」

「はい。そして今、その魔王が餌に釣られてやってきたようです」

ゴゴゴゴゴ。

低い地鳴りが森に響く。

バキバキバキッ。

続いて森の木々が折れる音が聞こえ、その木の破片がエルフたちの上に降り注いだ。

「うわあっ」

「何が」

「お、おい！　あれはなんだ？」

「逃げろ!!」

「きゃあっ」

綺麗な輪を作っていたエルフの一角が崩れる。

それと同時に、そのエルフたちがいた場所へ、巨大な何かが森から飛び出してきた。

『ここかぁ！』

突然森から飛び出してきた三本足の異形。

巨大な二本の腕を振り回し、木々をなぎ倒し現れたそれは——

「ようこそ、魔王」

たった一人で魔族をひれ伏させ、ヴォルガ帝国を作り上げた魔王エムピピ、その人であった。

『ラステルとか言ったな。貴様の呼び出し通り来てやったぞ』

怒りに満ちた魔王の声が、逃げ惑うエルフたちの鼓膜を揺さぶる。

一瞬にして阿鼻叫喚《あびきょうかん》の様相となったその場で、しかしラステルは口元に嘲《あざけ》るような笑みを貼り付けたまま魔王を見上げている。

その後ろではランドロスと長老の四人も、逃げ出そうともせず、まっすぐ魔王を見つめていた。

ラステルはランドロスの方に向き直ると、丁寧に頭を下げる。

「ランドロス様。こやつが魔族最強を詐称《さしょう》する木偶人形《でくにんぎょう》でございます」

「ほほう。たしかに私たちが見つけてきた魔道具と瓜二《うりふた》つだな」

ランドロスはゆっくりと前に進むと、ラステルの脇を抜けて魔王の前に歩み出る。

「貴様が魔王か」

『……お主は何者だ』

「私はランドロス。この国の王だ」

魔王とエルフの王の、初めての邂逅。

それは決して平和なものではなかった。

『エルフの王よ。一つ尋ねる。その者の所業はお主の指示か？』

「そうだ」

『その言葉がどのような意味を持つのか、わかって答えておるのだろうな？』

魔王の声が一段低くなる。

そこには明確な怒りが込められていた。

「おっと、そこまでにしておいてもらいましょう」

一触即発の空気の中、一人それを全く気にしてないような声音で、ラステルが魔王の目の前に進み出る。

そして片手を軽く上げると、指を鳴らした。

パチン。

「それ以上我が王に対して無礼を続けるのなら、この娘たちがどうなっても知りませんよ」

するとどうだ。

今まで何もなかったはずの場所に、魔王の知る三人の娘たちが、意識を失って横たわった姿を現したのである。

『ニッカ！　グラッサ！　チェキ！　貴様、いったい三人に何をした』

「ずっとあなたの目の前に転がっていたんですけどね。まさか魔王ともあろう者が私ごときの幻惑魔法に誤魔化されて今まで見えずにいたとは、噴飯物《ふんぱんもの》ですよ」

魔王には地面に倒れていた三人の姿が今まで見えていなかったようだ。

『幻惑だと……もしやその三人の姿も貴様が作り出した幻ではないのか？』

「いいえ、この三人は本物ですよ。それじゃあそろそろこいつらにも目覚めてもらいますか」

ラステルは三人の元まで近寄ると、一番近くで倒れていたチェキの横腹を蹴り飛ばす。

「ぎゃあっ」

「痛いっ」

「くうっ」

そして続けてニッカとグラッサの体にも蹴りを入れると、三人が痛みに顔をしかめながら目を覚ます。

しかしラステルによってかけられた魔法によって立ち上がることもできず、地面に這いつくばったままだった。

『貴様ぁ!!』

「おっと、勝手に動けば、私の魔法が彼女たちを一瞬で切り刻みますよ？」

怒りの声を上げ、三人を助けようと腕を伸ばしかけた魔王が動きを止める。

『卑怯《ひきょう》な……』

「こいつらを生かすも殺すも我々次第だということを、忘れてもらっては困りますね」

目覚めたばかりで状況を把握出来ていない三人に、強い魔力を込めた手のひらを向けながらラステルが嗤《わら》う。

今、魔王が動けば、ラステルの手から放たれた魔法によって誰かが命を落とすという状況だった。

「さて、役者が揃ったところで魔王様にはお願いを聞いてもらいましょうか……いえ、お願いではありませんね。命令です」

『命令だと？』

「ええ、命令です。もし私の言葉に従ってくれないのであれば」

ラステルは手のひらをニッカの頭に向けながら続ける。

「あなたが従うまで、一人ずつ切り刻んでみせましょうか？」

今までニヤニヤ笑いを貼り付けていたラステルの顔が、一瞬で残忍なものに変わる。

その雰囲気から、ラステルが嘘をついていないことは誰の目にも明らかだった。

『……』

「返答は？」

『……従う……じゃから三人を解放してやってくれ』

魔王の口から悔しげな声が漏れる。

「それはあなたが私たちの望むことをしてくれた後ですよ」

『だったら早くその望みとやらを言うのじゃ！』

「では、まずはその木偶《でく》から出てきてもらいましょうか」

ニッカに差し向けている手とは逆の手の人差し指を、ラステルはゆっくりと魔王に向ける。

そして先ほどまでの人を馬鹿にしたような笑みを浮かべ――

「魔王を操る真の魔王。ファウラさん」

そしてごく一部の者以外は知り得ない魔王の秘密を口にする。

『な、何のことじゃ』

「隠しても無駄です。あなたが操っているそのエムピピがただの魔道具だということとは、女神により我々は既に知っているのです」

ラステルはそこまで答えると、目線を魔王から足下の三人に移す。

「そしてその魔道具を操っているのが『ファウラ』という魔族であることは、この三人から聞かせてもらったのですよ」

「嘘っ！」

「あたしたち、ファウラのことなんて何も言ってないよ！」

「友達を売るなんて。そんなことするわけないわ！」

『そうじゃ。その三人が貴様などに我のことを話すわけがなかろう。嘘も大概に――』

「友情ごっこは結構ですけど、私は嘘などついていませんけどね」

ラステルは大仰《おおぎょう》に首を振ると、事の真相を話す。

「私は『三人から聞かせてもらった』と言っただけで、三人が私にあなたの正体を喋ったとは言ってませんよ」

『どういうことじゃ』

「私はただ、この三人にあなたの幻が見えるように幻惑魔法をかけただけなのですからね」

ラステルが魔王城を訪れたあの日、彼は謁見を待ちながら、謁見の間に幻惑魔法をかけていた。

そうとも知らず謁見の間に慌ててやってきたファウラとトーアは、自分たちが相手にしているラステルが偽物だと気が付くこともなく、魔王の中に乗り込んだ。

そしてそれを、密かに隠れていた彼に見られていたのである。

「ですのであなたの姿は知っていました。ただ名前だけはわからなかったので、城にいたこの三人に、あなたの姿を見せて名を聞き出したというわけです」

その言葉で、三人は城の中でファウラを見かけて呼びかけたものの、ファウラが立ち止まらなかったことがあったことを思い出した。

そのときは聞こえなかったのだろうと思っていたのだが、実際にはラステルが生み出したファウラの幻惑だったのだ。

「――さて、無駄話はこれくらいにして」

ラステルは魔王を、いや、その中にいるファウラを見上げる。

「そろそろ、私の命令を聞いてもらいましょうか」

『我がお主の言うことを聞けば三人は解放してくれるのじゃな？』

「そうですね、ではこうしましょう。これから私はあなたに三つの『命令』を出します」

指を三本立てたラステルは、その内一本の指を曲げる。

「その『命令』をあなたが実行する度に人質を一人解放してあげます」

『……三つでいいのじゃな？』

「はい。エルフの名誉《めいよ》に懸《か》けて約束いたしますよ」

わざとらしく片手を胸に当て頭を下げるラステルのその仕草に、ファウラは苛立《いらだ》つ。

だが、三人を人質にとられていては何も出来ない。

「まず一つ目の命令は、その木偶《でく》から降りてくること」

『……わかった』

「まだ続きがあります。降りてくる際には、その木偶《でく》の自律機能を完全に停止してから降りてください」

『停止じゃと？』

「その木偶《でく》はあなたが乗っていなくても動くと聞いてますのでね」

ラステルの見つめる先、エムピピの操縦室でファウラは戦慄《せんりつ》していた。

この男はどこまでエムピピのことを知っているのか。

謁見のときには、女神の神託など絵空事だと思っていたファウラ。

だが彼があのとき語った言葉は真実だったのだと、ここに至って理解したのだった。

「エムピピ。すまないが、彼奴の言ったようにしばらくの間眠っていてくれぬか」

『私の助けがなくても大丈夫ですか？　ファウラ』

「我は大丈夫だ。彼奴はエルフの名誉に懸けて約束を守ると言った。だから心配は要らぬ」

『……了解しました』

外部スピーカーを切った操縦室の中。

一部の機器の灯りを残して、次々に光が消えていく。

そして最後に正面の巨大モニターが消える。

これでファウラが眠りを解除するまで、魔王エムピピが動くことはない。

灯りの消えた室内で何も映さないモニターをしばし無言で見つめた後、ファウラはゆっくり椅子から立ち上がりエレベーターへ向かう。

「さらばじゃ」

振り向かず、ただ一言その言葉だけを残して、彼女はエレベーターの中へ入っていく。

その扉が閉まると同時に、僅かに残った灯りが消えた。

――シュンッ。

数秒後、小さな音を立てて、魔王の搭乗口が開くと、中からファウラが姿を現した。

そしてその姿を初めて見たエルフたちの間に、どよめきが起こった。

あの精強な魔族たちを屈服させ、ヴォルガ帝国という国を興した魔王の真の姿が、まさか年端《としは》もいかない見た目の少女だとは、誰も思わなかったのだ。

「あのような小娘が魔王の正体だと？」

「信じられませんね」

「しかし、たしかに魔王の中から出てきたではありませんか」

王をはじめ、長老たちですら思ってもみなかったファウラの姿に困惑を隠せない。

「ようこそ。魔王ファウラ様」

そんな中、ラステルは一人ファウラの元に歩み寄ると、わざとらしく彼女に向けて頭を下げる。

しかしその顔に浮かんだままの、人を小馬鹿にしたような笑顔は変わっていない。

「まずは一つじゃ。約束は守ってもらうぞ」

ファウラはラステルのわざとらしい態度に不快感を露《あら》わにすると、殺意の籠《こ》もった瞳で彼を睨み付ける。

その眼光は、トーアやニッカたちには一度も見せたことがない『魔王』としての彼女のものだった。

全ての魔族をひれ伏させた力はエムピピのものではある。

だが、そのエムピピと共に、魔族の統一を成し遂げたのは間違いなくファウラなのだ。

そのことを、その場にいる者全てが感じ取っていた。

「おお、怖い怖い」

しかしラステルはその眼光を一番近くで浴びながらも、ふざけた態度を崩さない。

それは彼が、魔王など足下にも及ばない存在である女神の使徒であることの自負を持っているからだった。

「それでは約束通り、一人解放させていただきましょう」

パチンとラステルが指を鳴らす。

同時に、チェキだけが体を起こす。

「あ……え？　動ける……」

「さぁ、約束は果たしましたよ。どうしたのですか？　チェキとか言いましたか？　あなたはもう自由の身なのですから、どこへなりと逃げれば良い」

ゆっくりと立ち上がったチェキだったが、その場から動こうとしない。

それはそうだろう。

仲間であるニッカとグラッサが、未だに囚われているのだ。

そんな二人を置いて一人だけ逃げ出すなどということは、彼女には出来ない。

「面倒ですね」

苛立ちながらラステルが呟く。

その声音に危険なものを感じたファウラが叫んだ。

「チェキ！　早くそこから離れるんじゃ!!」

だがその言葉は一歩遅かった。

「風魔法《ブレシングウィンド》」

「えっ――きゃあっ」

チェキが悲鳴を上げながら、ファウラの頭上を越えていく。

ラステルの風魔法によって吹き飛ばされたチェキは、そのままエムピピの脇を抜けると森の中に姿を消した。

「チェキぃ‼」

慌ててチェキの吹き飛ばされた方へ走り出そうとしたファウラだが、その肩をラステルが掴む。

「離せっ！」

ファウラはその手を必死に引き剥がそうとするが、彼女の身体能力は見かけ通り少女と変わらない。

焦る彼女の耳元にラステルが囁く。

「私は約束通り、人質を解放してあげただけですよ」

「あれを解放したと言い張るのか！」

「グズグズしている方が悪いのです。まぁ、あの先は柔らかな草が生い茂ってる場所ですからたぶん死にはしませんよ」

その言葉が本当なのか嘘なのか。チェキが消えた森から彼女が戻ってくる気配がない以上、ファウラにはわからない。

しかし今すぐにでもチェキの元へ向かいたい彼女の動きが、ラステルの次の言葉で止まる。

「まだ残り二つ、私の命令と人質が残っていることをお忘れなく」

ラステルはファウラの体を、無理矢理まだ倒れたままの二人へぐいっと向ける。

「ぐっ……じゃったら早く残り二つの命令を言え！」

「そうですね」

ラステルがファウラの肩から手を離す。

「では、私の後に付いてきてください」

彼はそう言い残すと広場の中央に向かって歩き出した。

ファウラはその背を睨み付けながら後を追う。

ラステルが向かっている場所。

それはエルフたちが女神の神託に従い掘り出した、第二の魔王と呼ばれる魔道具の足下だった。

「……」

「どうです？　あなたのエムピピとやらとよく似てるでしょう？」

蹲るように体を丸めた巨大な卵のようなその物体は、一見するとエムピピとは別物だ。

だが近くで見れば、その姿はエムピピが全ての手足を縮めたような形状だとわかる。

「コイツは何じゃ？」

「あなたの相棒と同じものですよ。いえ、あの木偶《でく》より更に高性能の魔道具と言った方がいいですかね」

「お主ら、これを使って何をするつもり――まさか、貴様が城でのたまってたことを此奴《こやつ》でするつもりか！」

ファウラの問いかけにラステルは答えず、ただ小さく肩を竦めてみせた。

「では二つ目の命令です」

有無《うむ》を言わせず、彼女の目の前に手を向けると二本の指を立てて、二つ目の命令を口にした。

「第二の魔王を目覚めさせてください」

「目覚めさせると言われても、我は目覚めさせ方など知らぬぞ」

それは本当だ。

ファウラがエムピピを目覚めさせたのは、あくまで偶然の産物に過ぎない。

「そうですか。では私が手伝ってあげましょう」

「何をする！」

ラステルは非力なファウラの抵抗を意に介せず、彼女の腕を掴む。

ファウラはそれを振りほどくことも出来ないまま、第二の魔王に腕ごと体を押しつけられた。

その途端――

ピピピピピピピ。

甲高い電子音が流れると同時、第二の魔王と呼ばれた物体から一条の光が放たれ、ファウラの瞳を直撃したのである。

「ひやぁっ」

思わず顔を背けようとしたファウラだったが、その頭をラステルの両手が押さえつける。

「動かないでください」

時間としては数秒程度。

無理矢理頭を固定されたファウラの瞳に差し込んでいた光が消えた。

『管理者の認証を完了しました。サブシステムを起動し、扉のロックを解除いたします』

そんな無機質な声が響き、二人の目の前に昇降口が現れた。

「女神様の神託通り。上手くいったようですね」

ラステルは開いた扉を見て、満足しながら頷く。

一方ファウラは、戸惑い気味の表情を浮かべていた。

そんな彼女の腕をラステルが掴む。

「さて、では目覚めさせるために、魔王の中へ行きましょう」

「もう目覚めたのではないのか？」

「まだですよ。それくらいあなたも知っているでしょう？」

グイっと力強く腕を引かれ、エレベーターの中にラステルと共にファウラが入る。

途端に扉は閉まり上昇が始まる。

「これはまた、面白い仕組みですね」

「……」

初めての体験に嬉しそうな声を上げるラステルと、不安な表情のままのファウラ。

二人の心の内は全くの正反対だった。

そんな二人の気持ちなど関係なく、エレベーターは第二の魔王の操縦室へすぐに到着する。

開いた扉の先に広がる景色は、ファウラがよく知るエムピピのものとほとんど変わらなかった。

「ここが魔王を自由自在に操ることが出来る部屋ですか」

エレベーターからファウラを無理矢理引きずり出したラステルは、部屋の中を嬉々《きき》として見回す。

既にシステムが起動した部屋の中は、照明がついており、いくつも並ぶモニターには外の景色が映っていた。

「ふむ、遠見の魔道具のようなものでしょうか」

そのモニター一つ一つを見ながらラステルが呟く。

「興味深いですね。色々調べたいところですが、それはこいつを真に目覚めさせてからでいいでしょう」

一番正面にある巨大なメインモニター。

その前までたどり着いたラステルは、そこに映る景色を一瞥するとファウラに向き直る。

「さぁ、早速ですが第二の魔王を目覚めさせてください」

「どうすれば良いのか我も知らぬのじゃ」

「そんなはずはないでしょう。現にあなたはあの魔王を目覚めさせたではありませんか」

ファウラの両肩をラステルが掴む。

「思い出して下さい。あなたが魔王を目覚めさせたときのことを」

「痛っ」

肩を掴む力が増す。

「思い出してもらわないと」

ラステルは片方の手を離し、その手の指を正面のメインモニターへ向ける。

そこに映っているのは、ラステルの魔法によって身動きを封じられたニッカとグラッサの姿。

「二人の内、どちらかが命を失うことになりますよ」

「ま、待ってほしいのじゃ。今、今思い出すのじゃ」

ファウラは強く目を瞑《つむ》り、眉間《みけん》に皺を寄せながら、エムピピと出会ったときに自分が何をしたのかを思い出そうとする。

だがどれだけ考えても、あのとき何か特別なことをしたような記憶はない。

「思い出しましたか？」

「……たしかあのとき我はエムピピの指にすがりついて泣いて……」

ファウラがあの日、自分がしたことを思い出したまま一つ一つ口にする。

「それから我の名前を」

そこまで口にしたとき――

「それです！」

「ぐうっ」

ラステルが興奮気味に声を上げ、ファウラの肩を握りつぶさんばかりに、その手に力を込めた。

魔族の中でも身体能力では最底辺に近い種族の彼女は、突然走った激痛に涙を浮かべる。

「女神様の神託の意味が今わかりました。さぁ、今すぐあなたの名前を使ってこの魔道具を目覚めさせてください」

「わ、わかったのじゃ。じゃからその手を離してくれぬか」

ファウラは涙目になりながら、必死にラステルの手を振りほどく。

そしてそのままメインモニター前に進み出ると大きく息を吸い込み、大きな声で名乗りを上げた。

「我が名はファウラ！　魔王よ、目覚めるがいい！」

「おおっ」

名乗りが終わった直後。

操縦室の中に存在する多数の灯りが強く輝く。

『第二段階認証開始……技師ファウラのＤＮＡ解析完了。本人と確認』

ピピピピ。

ポポポポ。

操縦室にそんな不可思議な音が響く。

『Multipurpose pioneer planetary research device No.13 SecondType――メインシステム起動します』

続けてメインモニターの上部から、二人にとって理解不能な言葉が流れ出す。

ゴゴゴゴゴ。

二人の足下から、地鳴りのような音と振動が響く。

「遂に我らが悲願。第二の魔王の目覚めだ!!」

ラステルの言葉通り、それが新たな魔王の目覚めであった。

「おお！　動いたぞ！」

その頃地上では、ゆっくりと立ち上がっていく第二の魔王を見て、ランドロス王が歓喜の声を上げる。

先ほどまで、まんじゅうのような半円形の物体でしかなかったそれが、魔王としての威容を象っていく。

「ラステルがやりましたな」

「本当にあのような小娘の力で動くとは……」

「女神様の神託通りですわ」

王の後ろに居並ぶ長老たちも、その任を忘れて目の前の巨大な物体から目を離せずにいた。

「何……あれ……」

「もしかしてエムピピなの？」

そして同じようにニッカとグラッサも、僅かにしか動かせない体でそれを見上げて驚愕《きょうがく》の表情を浮かべていた。

しばらくして彼ら、彼女らの頭上から声が降り注ぐ。

『ランドロス様。私、ラステルの手によって、第二の魔王の力が我がエルフ族のものとなりましたことをご報告します』

「見事なり！　ラステル！」

拳を高く掲げ、ラステルの功績を称えるランドロス王。

その拳は興奮のあまり震えている。

『魔族どもを圧倒したこの力さえあれば、あの忌々しき砦を破壊ことも容易《たやす》いでしょう』

続いてその言葉が告げられると、王だけでなくエルフたちの間に大歓声が上がった。

それもそうだろう。

ここにいるエルフたちは、あの砦を破壊する日を、長年夢見てきた者たちなのだ。

砦の守備隊によって散々打ち砕かれてきた夢が叶うとなれば、興奮を隠しきれるはずはない。

『それでは王よ。この第二の魔王――いえ、そのような無粋な名で呼ぶのはもうやめましょう』

そこまで言ってラステルはしばし思案する。

『女神によって与えられた神の魔道具……そう、この神魔《ジンマ》の力をお見せいたしましょう』

――ガガガガガ。

第二の魔王。

いや、神魔がその両腕を持ち上げていく。

やがてその両手は森から離れた小高い丘を向いたところで動きを止めた。

『ふむ。このインジェクションパイル？　とやらを使ってみますか……発射！』

バガンッ。

ラステルの言葉と同時に、神魔の両手の先から、二本の巨大な杭《くい》のようなものが打ち出された。

今まで聞いたこともないような炸裂《さくれつ》音に、その場にいた者たちは思わず両耳を押さえてしまう。

直後――

ドガアアアアアン。

打ち出された杭が丘に突き刺さり、激しい爆音と共に土煙が舞い上がった。

そしてだんだんと土煙が風に流されるように消えていき……

「丘が……」

「これが女神様の仰《おっしゃ》っておられた力か」

「なんという……なんという」

「これならあの忌々《いまいま》しい砦を打ち崩せますぞ！」

先ほどまで存在したはずの丘が、跡形もなく消え去っていたのだ。

「これは思った以上に素晴らしい力ですね」

その変わり果てた景色を前に、操縦席に座ったラステルが笑みを浮かべた。

彼はゆっくりと首だけで後ろを振り返ると、床に座り込んでいるファウラを一瞥する。

「これで二つ目の『命令』が実行されたことを確認しました。約束通り二人目の人質を解放してさしあげます」

ラステルのその言葉を聞いて、彼女は慌ててすがりつくように彼の足を掴む。

「ま、待つのじゃ」

「いかがなさいましたか？」

「貴様、またさっきみたいに解放すると言って酷いことをするんじゃなかろうな？」

森の奥へ飛ばされたチェキは、未だに姿を見せていない。

ラステルは大丈夫だと言ったが、ファウラの頭からは、最悪の可能性が拭いきれないでいた。

「仕方ないですね」

そんなファウラを見下ろしながら、ラステルは呆れたような表情を浮かべる。

「約束しましょう。先ほどのようなことはしません」

「本当じゃな？」

「信じないと言うなら構いませんがね」

ラステルは、面倒くさそうにそう答えると、パチンと指を鳴らす。

するとメインモニターの中で倒れている二人の内の一人が体を起こした。

二人目に解放されたのはグラッサだ。

彼女はしばらく自分の体が呪縛から解かれたことを確認するかのように両手を動かしていたが、やがて隣に倒れたままのニッカに近寄ると、その上半身を抱き上げ声をかけ始めた。

「ニッカ！　大丈夫？」

神魔の外部マイクが収集した声が操縦室に響く。

「……私は大丈夫。でもまだ体が動かないの」

「あのラステルってエルフ、絶対に許さないっ」

ニッカを抱きかかえながら神魔を睨み付けるグラッサの顔が、メインモニターでアップになる。

「おやおや。せっかく解放してあげたというのに、逃げないどころか私に刃向かうつもりですか。でしたら――」

その声色に不穏なものを感じたファウラは、慌ててラステルに駆け寄るって彼の手を掴む。

「人質には手を出さぬと言ったではないか？」

「先ほどのようにはしないとは言いましたがね。手を出さないとは一言も言ってませんよ」

「なっ……で、ではあと一つ。あと一つの命令を今すぐに言ってくれ！　それさえ終わればニッカも解放してくれるのじゃろ？」

グラッサが逃げ出さないのは、動けないニッカを守るためだとファウラは考えた。

ならばニッカさえ自由になれば、二人はともに逃げてくれるだろうと、必死に、目に涙を浮かべながら訴えるファウラ。

そんな彼女を冷たい目で見下ろしながら、ラステルが口を開く。

「ではこうしましょう。あなた自身の手で魔王エムピピを……不要となったあの木偶《でく》を破壊してください」

「なっ⁉　そんなこと出来るわけないじゃろ！　それに万が一我がエムピピをどうにかしようとしても、我の力では傷一つ付けられんわ！」

姿を隠す以外の能力をもたないファウラに、魔族が誰一人倒すことが出来なかったエムピピを破壊するなんてことは不可能だ。

そんなことはラステルだってわかっている。

わかっていて、そのような条件を出したのだ。

「そうですか。それでは契約不履行《ふりこう》ということで」

ラステルはしがみつくファウラを強引に振り払うと、操作パネルに手を置く。

「やめるのじゃあああああああ！」

床に這いつくばり、それでも必死に手を伸ばし叫ぶファウラのことなど、既に彼の眼中にはない。

「神魔よ。あの二人を叩き潰しなさい」

足下の邪魔な石ころを蹴飛ばす蚊のような表情で、ラステルは神魔に命令を下した。

ゴゴゴゴゴ。

その命令を忠実に遂行するために神魔の右腕が大きく振りかぶられ――

動けずにいるニッカと、彼女を抱きしめたままのグラッサに向かって、勢いよく振り下ろされたのだった。

◆◇◆◇◆

「――まだ着かないのか？」

森の中を駆けながら、俺は先導してくれているレアルスに叫ぶ。

「すまないがトーア殿、まだ少しかかる」

俺とレアルスは今、魔王と女神派のエルフたちが集まっているという幻惑の森の北部へ向かっていた。

この程度の広さの森であれば、全力の身体能力強化をかけた俺なら時間をかけずに端から端まで駆け抜けることが出来る。

だが、ここは幻惑の森。そんなことをすれば森に惑わされ、目的地にたどり着くことは出来ない。

かといって、幻惑潰し《イリュージョンキャンセラー》も高速で移動していると効果が付いてこないのはドワーフとの検証で確認済みである。

そういうわけで、道を知り幻惑の森の影響を受けないレアルスに先導してもらうことになった。

もちろん、レントレットとリッシュも同じ場所に向かうことになっているが、二人はとある理由で少し遅れてくることになっている。

「ところでトーア殿。先ほどの話に出てきた三人の娘というのは、お主の知り合いで間違いないのか？」

俺たちに魔王来訪を告げたレティオという男エルフの話には続きがあった。

魔王はただ一人、この森へ望んでやってきたわけではなかった。

女神派のエルフたちは卑怯にも魔王の仲間である三人の女を攫い、それを餌に魔王を呼び寄せたらしいのだ。

そしてその三人がニッカ、グラッサ、チェキだということが、話から俺にはすぐにわかった。

「ああ。聞いた限り、魔都にいるはずの俺の仲間と背格好が一緒だった。それに、その三人が人質なら、魔王がこの森まで来たって話にも納得がいく」

あの三人を人質に攫われたなら、ファウラが無視出来るわけがない。

「謁見に来たラステルは、魔王の助力など必要ないと言っていたはずなのに」

まさかあの言葉は罠だったということか。

もしかしたら奴は、あの城に俺がいることを知っていたのではないだろうか。

エルフ族と俺は幾度となく辺境砦で刃を交えている以上、俺のことを女神派のエルフ族が知っていてもおかしくないだろう。

そんな怨敵《おんてき》の一人が魔王の側にいては、魔王を篭絡《ろうらく》することは出来ないと考えたのかもしれない。

俺は魔都では特に姿を隠して過ごしていたわけではないから、どこかでラステルか彼の手下に姿を見られていたとしても不思議ではない。

「まんまと俺は彼奴の演技に騙されて魔都を離れてしまったってことか」

俺がいなくなれば、魔都にはエルフにとって障害となる者はほとんどいない。

だがそれでも魔王に直接手を出して魔族と真正面から争いになれば、いくらエルフ族でも勝てはしないだろう。

だから搦《から》め手を使った。

そういえばラステルは、エムピピのことを『木偶《でく》』だと言っていた。

つまり魔王が魔族ではないマシン――道具であると知っていたのではないか。

奴らには、『女神の神託』という情報源がある。

魔王を内に引き込む搦め手も、女神が考えたものかもしれない。

創生の女神セレーネ。

エルフたちに神託を与え続けている者が、本当にその創生の女神なのだとしたら、俺は神を相手に勝てるのだろうか。

「レアルス！　止まれっ！」

走りながら女神について考えを巡らせていると、突然前方からこちらに向かってくる何かの気配を感じて、俺は先を行くレアルスに向かって叫んだ。

「なんだ？　突然」

「何か来る」

俺がレアルスの前に出て身構えた直後だった。

バキバキバキ、と凄《すさ》まじい音を立てて木の枝を折りながら、何かが俺たちに向かって飛んできた。

「あれは……チェキ!?　くっ、風魔法《ブレシングウィンド》!!」

両手で頭を庇《かば》うように体を丸めた姿で飛んできたのはチェキだった。

いったいどうしてと考える間もなく、俺は風魔法《ブレシングウィンド》を放つ。

「これなら……」

ある程度速度が落ちたところで飛び上がると、空中でチェキを受け止めてそのまま地面に降りた。

「ううっ……トーア……」

「チェキ！　大丈夫か？　今、回復してやる初級回復魔法《ローヒール》」

見る限り、深い傷はなさそうだ。これなら俺の回復魔法でもなんとかなる。

俺が急いで初級回復魔法《ローヒール》をかけると、チェキの体に無数に付いていた傷が消えていった。

「あ、ありがとう」

「礼はいい」

俺はなるべく優しくチェキをその場に座らせる。

「それよりも、何があった？　ニッカたちは一緒じゃないのか？」

「そ、そうだ！　大変なんだよ！」

チェキは俺の両肩を掴むと、必死な表情で俺が旅立ってから起こった出来事を語り始めたのだった。


――チェキの話を聞き終わった俺は、怒りに身を震わせていた。

彼女の話によれば、俺が旅立った翌日、城の外に出ていたところで、三人は何者かに襲われて気を失ったらしい。

次に気が付いたときには、もうこのエルフの森の中でエルフに囲まれていて、なぜかそこにはエムピピが――ファウラがいたのだという。

おそらくそこが、俺たちが今目指している場所なのだろう。

そしてファウラは彼女たちの解放を条件に、ラステルの言うことを聞かざるを得ない状況に置かれている、と……

今俺が怒っているのは、彼女たちを攫ったラステルやエルフたちに対してだけではない。

むしろ自分自身に対する怒りが強かった。

「俺が油断していたばかりに、酷い目に遭わせてしまってすまない」

「トーアのせいじゃないよ」

「いや、俺のせいだ。俺はお前たちを守るって約束したのに、それよりもエルフのことを気にして三人から離れてしまった……」

辺境砦での経験で、エルフの行動に敏感になりすぎていた。

今考えれば、エルフの来訪直後だというのに、三人に何の護衛も付けず別れるなんて致命的なミスだった。

「あいつらの悪辣《あくらつ》さはよく知ってたはずなのに」

俺は血が滲《にじ》み出るほど拳を握りしめ、その痛みを体に刻みつけるように一度目を閉じる。

「レアルス。目的地はもうすぐそこなんだな？」

「そうだ、その娘が飛んできた方向に向かってまっすぐ進めば目的地だ」

「じゃあ、ここからは俺一人で行く」

俺はチェキが飛ばされてきた方向を見つめる。

近い距離なら、幻惑潰し《イリュージョンキャンセラー》で道を作れるはずだ。

「後のことは任せろ。ニッカもグラッサも……ファウラもすぐに助ける」

俺はチェキにそう告げると、レアルスに顔を向ける。

「レアルス……チェキのことを頼む。それと、あとから来る師匠たちに言伝《ことづて》をお願い出来るか？」

訳あって少し遅れてくることになっているリッシュとレントレット。

彼らに俺は伝言を残すことにした。

「この戦いが終わったら、俺は全力で女神をぶっ潰す。だから協力してくれってな」

「女神を？」

「ああ。それだけ伝えてもらえばいい」

驚愕の表情を浮かべるレアルスに、俺は答えるのももどかしく思いながら、自らの体に強化魔法を重ねがけしていく。

「加速魔法《クイック》、力強化魔法《パワーオーグメント》、物理防御《フィジカルシールド》、魔力結界《マジックバリア》――」

そして一通り身体強化魔法をかけ終わると、収納から幻惑潰し《イリュージョンキャンセラー》を取り出す。

「彼奴らがもし既に第二の魔王を目覚めさせていたら……」

心配そうに俺を見るレアルスに、俺は出来る限りの笑顔を向ける。

「第二だろうが第一だろうが、それがたとえ誰であっても、俺の仲間に手を出したならぶっ潰すだけさ」

俺はそう言い切ると、幻惑潰し《イリュージョンキャンセラー》を高々と掲げる。

「幻惑潰し《イリュージョンキャンセラー》、最大出力！」

幻惑潰し《イリュージョンキャンセラー》の魔石に流し込めるだけの魔力を流し込んでいき、魔導回路が焼き切れんばかりに輝く。

「ここだ！　発動っ!!」

魔導回路の限界を見極めたところで、チェキが飛ばされてきた方へ向かって一直線の道を作るようにイメージしながら発動させる。

「――見えたっ!!」

森を包む幻惑を切り裂くように一筋の道が出来たのを『視《み》』て、俺はそう叫ぶと身体強化魔法で最大に強化した力を振り絞り、地面を蹴ったのだった。

◆◇◆◇◆

時をやや遡《さかのぼ》り、トーアたちが出発したのを見送ったリッシュとレントレットの二人は、案内役を買って出てくれたウィレンディ報告員のレティオと共に、女神がエルフたちに神託を授ける聖域アールヴァリムにやってきていた。

アールヴァリムにたどり着いた二人は、見張りのエルフたちを昏倒《こんとう》させ、レティオにはその場で見張り役をまかせると、そのまま縦二十メートル、横と高さが五メートルほどのコンテナのような建物の中に侵入する。

リッシュが引き継いできた記憶を元に、二人は閉じていた扉をいくつか開放していく。

やがて最奥《さいおう》の部屋にたどり着く。

そこに並ぶのは、この世界のものとは明らかに違う金属的な壁と、文字や映像が表示された複数のモニターだった。

「アクセス出来たぞい」

モニター群の前に置かれた、不可思議な模様が浮かび上がる机の前で、リッシュは額に皺を寄せてモニターに映る大量の文字列のうち、ある一カ所を睨み付ける。

「――やはり、そういうことじゃったか」

リッシュが見つめている文字列は、俗にパーソナルＩＤ《アイディー》と呼ばれるものだった。

パーソナルＩＤは一人一人に個別に与えられたもので、モニターに彼が表示させたアクセスログ――つまり通信記録には、いつ誰がどのような種類の通信を行ったかが記録されていた。

「selenes……セレネスが目覚めていたというわけね」

リッシュの後ろから、同じくモニターを見ていたレントレットが呟く。

「やはり我らの権限では、完全に奴を消し去ることは出来なかったようじゃな」

「もしかしたら、どこかにバックアップでも潜ませていたのかもしれないわね」

二人はこの世界の者たちには理解出来ない会話を続ける。

「もう少し奥を調べてみるかのう」

「お願い。私はコンピューターのことはさっぱりわからないから助かるわ」

「ダルウィーならもっと手際よくやれるんじゃがな」

リッシュはそう言いながら、不可思議な模様が浮かび上がった机の上で両手の指を躍らせる。

彼が指を動かす度に、目の前のモニターに浮かぶ文字が入れ替わり、それが五分ほど続いた頃――

「むっ」

「どうしたの？」

リッシュのうなり声に、レントレットの心に一抹《いちまつ》の不安が浮かぶ。

「ワシらがここに来る少し前のログの詳細を見つけたんじゃがな……」

モニターに表示されている何行にも及ぶ文字列。

その一番下の二行を太く短い指でなぞりながら、リッシュは言葉を続ける。

「どうやらセレネスが、この通信装置を介して、自らの一部をある所に送信したと記録されておるんじゃ」

「それって、まさか」

「送信先は『MPRDmkⅡ』となっておる……エルフが掘り出した『第二の魔王』の正体は、間違いなくコイツじゃ」

二人は顔を見合わせる。

お互いの表情は青ざめていて、額には脂汗すら浮かんでいた。

「トーアちゃんが危ないわ！」

「急いで彼奴らを追いかけるんじゃ」

そう叫ぶと同時に、二人は出口に向かって駆け出し、そしてアールヴァリムの外に飛び出す。

「第二の魔王の所へ案内するんじゃ」

「急がないと皆が危ないの！」

二人の様子に困惑するレティオの肩を掴んで、そのまま森の中に突入したのだった。

◆ ◇ ◆ ◇ ◆

全力で駆け、森を抜ける直前で立ち止まった俺の目に飛び込んできた光景は、異様の一言だった。

数千人はくだらないエルフたちが円を描くように居並ぶ中、見上げるほどの巨体が二つ、十メートルほどの距離を置いて向かい合っていた。

片方は魔王エムピピ。

あのエルフの報告通り、この森へやってきていたようだ。

その魔王と対峙《たいじ》するように立つのが、例の『第二の魔王』だろう。

「そんな、馬鹿なっ」

第二の魔王。

その姿は対峙する魔王とほとんど変わらない。

つまり第二の魔王とはその名の通り、魔王と同型のＭＰＰＲＤだったというわけだ。

「まさか、この世界にもう一体ＭＰＰＲＤが飛ばされてきていたなんて……」

俺はカラーリング以外はほとんど外見上の違いがない二体を、交互に見やりながら呟く。

第二の魔王は、その体の動作を確かめるように各部をゆっくりと動かしていた。

そこで俺は、魔王エムピピの様子がおかしいことにようやく気が付いた。

「……動いてないのか？」

魔王城で始めて魔王を見たときのように、エムピピはその場に立ち尽くしたまま動く気配が全くない。

どうやらエムピピはスリープモードになっているらしい。

だとすると中にいるはずのファウラは――

俺は視線をエムピピの頭部から下へ移動させる。

「扉が開けっぱなしだ」

魔王の脚部にあるエレベーターの搭乗口が開いたままであるところを見ると、すでにファウラは魔王から降りていると考えて間違いないだろう。

だとすると彼女はどこにいったのだろうか。

周囲を見渡すが、ファウラの姿はどこにもない。

「まさか、あの中に？」

俺は第二の魔王を見上げる。

第二の魔王はゆっくりと、右回りに体の向きを変えていくところだった。

やがて両腕を水平に伸ばし、最初に見た状態から横を向いたところで動きを止める。

第二の魔王が向いた方向に目を向けると、小高い丘がある以外は何もない。

「何をする気だ？」

そんな疑問が頭に浮かんだ瞬間だった。

激しい炸裂音と共に、何かが第二の魔王の両腕から発射され、俺は慌てて両耳を押さえる。

「ぐうっ」

キーンと耳鳴りがし、僅かに遅れて届いた衝撃波が体を揺らす。

第二の魔王が、両腕に備え付けられた機能――インジェクションパイルを発射したのだと気が付いたのは、森の向こうでもうもうと立ち上がる土煙を目にしたときだった。

「うぉぉぉぉ！」

「素晴らしい！」

「これが女神様の神託で我らが得たものか」

「これならばあの忌々しき砦を破壊出来るに違いない」

だんだんと音が聞こえるようになってきて、エルフたちの歓喜の声が届き始める。

どの声音《こわね》にも、今目の前で起こった出来事に対する恐怖は微塵も感じない。

彼らはそれが女神から自分たちに与えられた力だと、だからその力が自らに向けられることはないと信じているのだろう。

力を誇示するように、第二の魔王が体の向きを元に戻していくに合わせ、広場に集うエルフたちの興奮度が増していく。

その現実離れした光景に、俺は自分がここまで来た理由を僅かの間忘れてしまう。

しかし――

『やめるのじゃあああああ！』

突然響いた悲鳴のようなその声が、俺を現実に引き戻す。

「あの声は……ファウラか？」

たしかにその声はファウラのものだった。

俺は瞬時に視界を巡らせると、その悲鳴の理由を理解し駆け出す。

「くそっ！　彼奴の足に隠れて見えなかった——間に合ええええっ！　風魔法《ブレシングウィンド》」

そして自らの体を押し出すように風魔法を放つ。

向かう先では、大きく振り上げられた第二の魔王の両腕が振り下ろされようとしている。

そこには、絶望的な表情で自分たちに向かって振り下ろされる拳を見つめている二人の少女——

ニッカとグラッサがいた。

「土壁魔法《ブレシングアースウォール》！」

文字通り飛ぶような勢いで駆けながら、俺は二人の頭上を守るように土壁を生み出す。

「風壁魔法《ブレシングウィンドウォール》っ」

続けて二人の体を守るように風の壁を作り上げる。

もちろん、その程度の魔法でＭＰＰＲＤの攻撃が防げるとは思っていない。

だが一瞬でも時間稼ぎにはなるはずだ。

——ゴガァッ。

拳と土壁が衝突し、激しい破砕音と同時に、砕けた壁の欠片が周囲にまき散らされる。

「そんな、馬鹿なっ」

僅かでも時間を稼げば、俺の手は二人に届くはずだった。

だが俺の魔法では、第二の魔王に対してその僅かな時間すら得ることが出来なかった。

「間に合わないっ」

二人に向かって振り下ろされる巨大な腕の勢いは止まらず、凄惨《せいさん》な現実を見たくないと、俺は思わず目を閉じた。

――と、同時。

ガァァン。

何かが激しく衝突したような爆音が轟《とどろ》く。

「一体何が？」

俺はゆっくりと目を開く。

そこには俺が想像していたような巨大な拳に叩き潰された二人の凄惨な姿はなかった。

その代わりに――

「エム……ピピ」

ニッカとグラッサ。

その二人を守るように、魔王エムピピが拳を受け止めた姿で立ち塞がっていたのだった。


ギギギと金属が軋《きし》む音がする。

その音の発生元は、エムピピの三本ある足の内の一つだった。

どうやら第二の魔王の攻撃を防ぐために無理な挙動をしたために、関節の一部に猛烈な負荷がかかったらしい。

激しい軋み音と共に、エムピピの体が僅かに傾いている。

『トーア様。早く二人を安全な場所へ移動させてください』

その声は、エムピピの外部スピーカーから聞こえた。

前にファウラと共に中へ入ったときに聞いた、ＭＰＰＲＤの合成音声だと俺はすぐに気が付く。

「わかった」

俺はその声に背中を押され、止まっていた足を動かし、ニッカたちの元へ急いだ。

「トーア！　来てくれたんだ」

「トーアさんっ」

「二人とも怪我はないか？」

俺の問いかけに、二人は揃って頷き返す。

しかしどうやらニッカの方は体が自由に動かせないらしく、グラッサに支えられてやっと上体を起こしているような状況だった。

「すぐに自由にしてやるから」

俺はグラッサから話を聞き、ニッカにかかっていた幻惑魔法を解除すると、その手を取って立ち上がらせる。

「歩けるか？」

「あたしは大丈夫だけど」

その場で軽く飛び跳ねて、自分の体がきちんと動くことを確認してグラッサが答える。

一方、ニッカは俺の手を取りながら数歩ほど歩いたところで、バランスを崩し倒れそうになる。

「すみません……無理みたいです」

「仕方ないな」

「きゃっ」

俺は寄りかかってくるニッカの膝裏と肩に手を回すと、その軽い体を持ち上げる。

所謂《いわゆる》『お姫様抱っこ』の形だ。

そのまま俺は、安全な場所を探すために広場中に視線を巡らせる。

「あそこか」

視線の先、俺がやってきた方向の森の中に、エルフと見知った顔を見つけた。

レアルスとチェキである。

「グラッサ、付いてきてくれ」

俺は第二の魔王と力比べのように組み合うエムピピの足下から、その二人の元へニッカを抱きかかえながら駆け出した。

「どこ行くのさ」

「あそこにチェキがいるだろ」

俺の目線を追ったグラッサは、そこにチェキの姿を見つけて声を上げる。

「良かった。無事だったんだ。でもチェキと一緒にいるエルフは？」

「安心しろ。あのエルフは味方だ」

俺は森へ向かいながら、レアルスたちウィレンディのことをグラッサとニッカに話した。

それからレアルスの元にたどり着いた俺は、彼女とチェキに「急いで皆を連れてここから離れろ」とだけ告げて、戦場に戻るため踵《きびす》を返す。

やってきたばかりのレアルスとチェキは、周囲の惨状を見て何が起こっているのかを聞きたそうにしていた。

だが、今は詳しい話をしている暇はない。

だがエムピピと第二の魔王が同型機だとすれば、力は互角。

エムピピはニッカたちを守るために、既にダメージを受けている状況だ。

つまり力が互角であるなら、あのままではエムピピに勝ち目はない。

現に二本のメインアームで組み合っている今、エムピピはじりじりと後退している。

第二の魔王に力負けしているのだ。

『魔王。貴様、なぜ動けるっ！』

第二の魔王の方から聞こえるその声は、魔王城で聞いたものだった。

ということは、やはり第二の魔王を操縦しているのはラステルに違いない。

『私にもわかりません。ただ、深い眠りの底で、たしかに私には友の悲痛な叫び声が聞こえたのです』

エムピピの声と口調は魔王のものでなく、ファウラと操縦室で会話していたときの優しいものに変わっていた。

本来ならスリープモードをＡＩが指示もなく勝手に解除することはあり得ない。

だがエムピピは命令でも何でもないファウラの叫び声を聞いて自ら眠りから目覚めた。

それはエムピピが魔王としてでも使われるマシンでもなく、ファウラという少女の友であるエムピピとして自らの意思を——自我を持っている宣言して要るも同じだ。

『眠りだと？　友だと？　ただの魔道具でしかないお前に眠りも友もあるものか』

エムピピの言葉に、ラステルが嘲笑《ちょうしょう》の籠もった声で答える。

『型遅れの木偶《でく》のくせに、女神様から授かったこの神魔に逆らうなどとっ』

型遅れだと？　ってことは、第二の魔王の方が新型機なのか？

そう俺が疑問に思う間にも、十メートルを超える二つの巨体が傾ぐ。

先ほどまで、ジリジリと押されてはいたものの、ギリギリのところで耐えていたエムピピだったが、ついに耐えきれなくなったのだ。

壊れかけの脚部の影響もあるのかもしれない。

だがそれを差し引いたとしても第二の魔王——ラステルが神魔と呼んだもう一つのＭＰＰＲＤの方が、エムピピよりも一段ほど力自体が上回っているように見えた。

「エムピピ！　加勢するっ！　暴風魔法《ブレシングウインドブラスト》」

走りながら片手を神魔に向け、俺は強力な風魔法を放つ。

もちろん、魔族の攻撃をことごとく防ぎきったエムピピと同型かそれ以上の機体に、魔法が効くとは思っていない。

「それでも衝撃を与えることくらいは出来るはずだ」

空中に空気の渦が生まれ、一直線に神魔の肩へ向かって直撃する。

『ぐあっ』

エムピピ以外には全く意識が向いていなかったのだろう。

突然横合いから奇襲に近い攻撃を受け、ラステルが悲鳴を上げる。

『ぬおおおお』

続いて響いたのは、金属と金属がぶつかる甲高い音だった。

俺の攻撃を受けた神魔が僅かにバランスを崩した隙を突いて、エムピピが組み合っていた両腕をわざと離し、その巨体を神魔にぶつけたのだ。

次に動いたのは、エムピピの背中から延びている四本のマニピュレーターだ。

惑星開発や調査の際に、採取などを行うために存在しているその細腕を、エムピピはまるで鎖《うさり》のように神魔の体に巻き付けたのである。

「エムピピ。何を……」

俺は援護のため、次の魔法を神魔に向けて放とうとしていた。

だがこの状況ではエムピピを巻き込んでしまう。

しかしエムピピは俺の言葉に答えない。

『捕まえました』

更に開いた両腕で、エムピピは完全に神魔を抱きかかえるように拘束《こうそく》する。

『何をする貴様っ！　離せっ』

神魔は必死に抜け出そうともがいているが、簡単には拘束が解けそうにない。

『今はまだ離すわけにはいきません』

エムピピはそう答えると、マニピュレーターの内の一本を更に伸ばすし、神魔の足に叩き付け始めた。

一体何をしているんだ？

そう疑問に思ったが、その答えはすぐにわかった。

『トーア様。私の友をこの機体の中から助け出してくれませんか？』

いくら頑強な装甲を持っているＭＰＰＲＤであっても、弱点はある。

その一つが搭乗口の扉だ。

幾度となくマニピュレーターを叩き付けられた神魔の足。

そこにあったのは、搭乗口を塞ぐ扉の、半分ひしゃげた姿だった。

「ファウラがアイツの中にいるのか？」

そういえばニッカたちが襲われそうになったとき、ファウラの叫び声が聞こえた。

あれは神魔の中からだったのか。

『ひ。扉は開いておきました。お願いします』

「わかった。任せろ」

俺は急いで壊れかけの扉に向かうと、水の刃の魔法を使い、むき出しになっていた扉の接合部を切り離す。

そして開いた穴に体をつっこませ、中を確認した。

「流石にエレベーターは使えないか」

脚部から上半身にある居住ブロックや操縦室に向かうためには、エレベーターシャフトを登っていくしかない。

通常ならとんでもない重労働だが、俺にとっては容易《たやす》いことだ。

俺は複数の魔法を使い分け、一気にシャフトを上る。

途中、激しく神魔の体が揺れ動いたが関係ない。

一気にシャフトを登ると、頭上にエレベーターの籠が見えてきた。

たぶんあそこがゴールだ。

「風刃魔法《ブレシングウィンドカッター》」

俺は風刃魔法《ブレシングウィンドカッター》で籠の底に穴を開けると、そのまま入り込んで開閉ボタンを押した。

ゆっくりと開いていく扉の隙間から、操縦室の中が見える。

「——うおっ」

その瞬間だった。

僅かに開いた隙間から、鋭い風の刃が飛び込んできたのだ。

魔力の気配を感じていた俺は、咄嗟に体を捻る。

しかし避けきれず、頬に鋭い痛みが走った。

「くっ」

開いた扉の向こうにいたのはあの男——ラステルだった。

奴は俺が風刃魔法《ブレシングウィンドカッター》を避けたことに気が付き、慌てて次の魔法を放とうとしている。

「させるか！」

逃げ場のないエレベーターの箱の中。

エルフの強力な魔法で何度も攻撃されてはたまらない。

この距離では魔力結界《マジックバリア》も効きそうにない。

俺は初撃を避けた不安定な姿勢のままで、素早く発動出来る火魔法《ブレシングティンダー》を無詠唱で放った。

「ちいっ、小賢《こざか》しい！　風刃魔法《ブレシングウィンドカッター》」

火魔法《ブレシングティンダー》の炎は、ラステルの風魔法によって散らされてしまう。

だが奴に魔法を無駄遣いさせる役目は十分に果たしてくれた。

俺はその僅かの時間に姿勢を戻すと、操縦室の中に飛び込み、次の攻撃を避けるために物陰へ移動する。

そして本来の目的であるファウラの姿を探した。

「いた」

ファウラの小さな体は、ラステルの足下に横たわっていた。

気を失っているのだろうか。ぐったりと目を閉じたまま、こうして激しい魔法の撃ち合いをしているというのに、何の反応も示さない。

「まさか……」

間に合わなかったのか。

背筋を悪寒《おかん》が走る。

「貴様、ファウラに何をした！」

「ファウラ？　ああ、この小娘か」

ラステルは足下のファウラに冷たい視線を落とす。

「あまりに五月蠅《うるさ》かったのでね」

彼女の体を軽く足蹴《あしげ》にしながらそう言うと、何かを思いついたのか歪んだ笑みを俺に向ける。

そしてしゃがみ込むと、ファウラの細い首を掴んでその体を持ち上げた。

「貴様はこの小娘を救いに来たのだったな」

ラステルの手の中で、ファウラが苦しそうに僅かに身じろぎをする。

どうやらまだ生きてはいるようだ。

「その子を離せ」

俺は手のひらに魔力を込めながら、ラステルを睨み付ける。

もし奴がファウラを殺そうとしたならば、その前に奴の顔を消し飛ばす。

「別に離してやってもいい。もうこの小娘に用はないからな」

そう答えながらもラステルは、ファウラをその手にぶら下げながらじりじりと後ろに下がっていく。

そしてコントロールパネルまで下がると、後ろ手で何やら操作をしていた。

「何をしている？」

「君がこの小娘を離せと言ったんだよ」

嫌らしい笑み。

俺はその笑みに悪い予感を覚え、物陰を飛び出そうとした。

その瞬間だった。

ガガガガッ。

操縦室が僅かに振動したかと思うと、天井が左右に分かれるように開き出したのである。

「さよならだ」

ゆっくりと開いていく天井から見える空に気を取られていた俺の耳に、ラステルの言葉が届く。

いったいどういう意味だと尋ねる余裕は、俺にはなかった。

なぜなら人一人が通れるほどに開いた天井の隙間に向かって、ラステルがファウラを投げ捨てたのが目に入ったからだ。

「くそっ」

俺は溜めていた魔力で、風魔法《ブレシングウィンド》を足下に放つ。

その反動を使い、ファウラを追って空へ大きくジャンプした。

「ファウラっ！」

間に合った。

俺は空中でファウラの体を抱きとめると、もう一度風魔法《ブレシングウィンド》を使い地面にゆっくりと着陸したのだった。

◆終章◆

そこからの戦いは一方的だった。

なにせエムピピにしてみれば、中に捕らえられていたファウラの心配をする必要がなくなったのである。

脚の一本を損傷したとはいえ、魔族との戦いを幾度も繰り返してきたエムピピにとって、ラステルが操る神魔は相手ではなかった。

なにせ戦闘経験が全く違う。

ラステルが神魔での戦闘が不慣れだったというのもあるが、エムピピは四本のマニピュレーターを巧みに操り、神魔の攻撃を簡単にいなしていた。

そしてバランスを崩した神魔の体を二つの豪腕で何度も殴り続ける。

いくらMPPRDの装甲が厚いとはいえ、その攻撃にいつまでも耐えることは出来ない。

エムピピの拳が神魔の側面に壊滅的な破壊をもたらすには、そう時間はかからなかった。

そんな光景を見ながら、俺は軽い目眩《めまい》に襲われていた。

いくつもの無茶を重ねたせいだろう、魔力の残りがかなり少ない。

俺は未だに目を覚まさないファウラを抱きかかえながら、その人外の戦いが終わるまで巻き込まれないようにするだけで精一杯だった。

そして遂に、神魔の歪んだ装甲の隙間に突き込まれたエムピピの手刀が、内部の機関を引きちぎる。

それが致命傷となった。

神魔の頭部にあるカメラの光が数度点滅したあと消え、同時に巨体がエムピピにもたれかかるように倒れていく。

その体からはもう、一切の力を感じなかった。

魔王と神魔の戦いは終わったのだ。

その場にいる誰もがそう確信した。

「終わった……のか」

広場の中心で、地響きを立てて倒れた神魔。

その姿を、信じられないと言わんばかりに見つめる数多《あまた》のエルフたちの口から、落胆と失望の声が漏れる。

「そんな……まさか……あり得ん」

茫然《ぼうぜん》自失《じしつ》のエルフたちの中、一人のエルフがよろよろとした足取りで、火花を散らしつつ小さな爆発を繰り返す神魔に歩み寄っていく。

広場に集まった他のエルフたちとは違ってたくましい体つきに髭を生やし、豪奢《ごうしゃ》な服を身に纏っている。

恐らく彼がエルフの王――ランドロスなのだろう。

「おおおおぉぉぉぉ」

微動だにしない神魔の巨体にすがりつく王。

彼の慟哭《どうこく》が広場に、森に響き渡る。

その広がりと共に、他のエルフたちが次々とその場に崩れ落ちるように座り込んでいく。

彼ら、彼女らは信じていたのだろう。

これまで幾度となく、辺境砦を攻めては失敗を繰り返してきたが、神魔という神の力を手に入れさえすれば、これ以上の犠牲を出すことはないと。

そして長く苦しい戦いは終わり、女神と使徒であるエルフ族の世界が来ると。

未だに神託の全てを知らない俺には、なぜ砦を破壊することが女神を解放することに繋がるのかはわからない。

だが幾千の犠牲を払い、時には自らの家族や愛する人をも失ってまで、神託に従い戦い続けてきたはずだ。

だというのに、最後の最後に女神の神託は、神魔の敗北というあり得ない現実をエルフに突きつけた。

「トーア！」

俺を呼ぶ声がする。

その声の方へ視線を向けると、レントレットとリッシュがこちらに歩いてくる姿があった。

ランドロスの慟哭以外は不気味なほどに静かな広場の様子に、注意深く周囲を見回しながら俺の元にやってきたレントレットが口を開く。

「何があったのか聞きたいけど……それよりも一つだけ確かめたいことがあるの」

「何をです？」

「この場所に女神は姿を現したかしら？」

俺はレントレットが言った言葉の意味がわからなかった。

もちろん戦いの最中に女神の姿は一度も見ていない。

それにそもそも、女神セレーネが実在するにしても、創世神話の通りであれば『女神の揺り籠』とやらで眠りについているはずである。

「女神というのが創生の女神セレーネのことだったら、こんな所にいるわけないじゃないか」

「そうか。だとするとあのログはなんじゃったんじゃ……」

「ログ？」

レントレットから遅れて俺の元にやってきたリッシュの呟きに混じった、この世界では聞き慣れない単語に俺は思わず反応してしまう。

「実はじゃな――」

そうして俺は、女神が神託を授ける場――アールヴァァリムと呼ばれる聖域で、リッシュたちが見聞きしたことを教えてもらった。

リッシュたちはアールヴァリムに残された女神による通信記録《ログ》を発見し、そこに記載されていた内容から女神が自分の力の一部を神魔に送っていた事実を知ったのである。

「でも、さっきの戦いで神魔が女神の力を使ったとは思えない」

一通り話を聞いた俺は、そう呟くしかなかった。

一部とはいえ、創生の女神の力だ。

それがどのような力かはわからないが、もしリッシュたちが考えていたように神魔にその力が与えられていたとしたら、あんなに一方的な戦いになるわけがない。

「トーアちゃんの言ってることが確かだとすると、女神は神魔に力を与えることに失敗したのかしら」

「それか、力を発動する前に倒されてしまったかどちらかじゃろうな」

「じゃあもしかして、エムピピが神魔を倒すのにもう少し手間取っていたら――」

「女神の力が神魔に宿り、魔王を返り討ちにしたかもしれんな」

エムピピをも上回る力を神魔が得ていたなら、魔力切れ寸前の俺では、ファウラを連れて逃げることもままならなかったに違いない。

もしそんなことになっていたらと考えた俺の背筋に、冷たいものが流れた。

「そう……だったのですね……」

――ギギギ。

考え込む俺たちの耳に、そんな声と、金属が軋むような音が聞こえた。

音の出所は……エムピピの攻撃によって傷だらけの無残な姿となった神魔だ。

倒れ伏した頭部の一部、歪んだ外装の隙間に、何者かの瞳が輝く。

「やはり女神様は我々に手を差し伸べようとしてくれていた……見捨てられたわけではなかった」

その声には聞き覚えがあった。

そしてすぐに、その声の主が隙間を力ずくでこじ開けて姿を現す。

「まさか。生きていたのか」

俺は思わずそう零す。

そこにいたのは、体中を血に染めてボロボロになったラステルだった。

操縦室のある頭部付近は、エムピピの攻撃によって半壊している。

だから俺はすでにラステルは死んだものだと思い込んでいたが、奴はしぶとく生き残っていたらしい。

「ああ、女神よ。貴方様の与えてくれたはずの尊い力を、ふがいない私たちは無駄にしてしまいました」

天に向かって両手を広げ、ラステルは血涙《けつるい》を流しながら言葉を紡《つむ》ぐ。

その鬼気迫《ききせま》る姿に、俺たちは何も出来ずに奴の言葉を聞いていた。

「貴女様の力を失い、その信頼をも裏切った我らをお許しください」

広場中に響くその声に、エルフたちの視線が集まっていく。

「神魔を失った今、我々にはあの魔王を自称する木偶を倒す力は残っておりません。ですが――」

ラステルは天に掲げていた両手を自らの胸の前に下ろし、指と指を組み合わせて祈るような姿をとる。

するとどうだろう。

いつしかラステルの言葉を聞いていたエルフたちまでもが、彼と同じく両手を胸の前で組み、祈りを捧《ささ》げ始めたのである。

「あいつら、一体何を――」

あまりにも不可思議な光景に、俺だけでなくレントレットとリッシュも戸惑っていた。

だが――

「女神様っ、我らエルフの全ての力をもって魔王ファウラの命を貴女様に捧げ、女神の使徒の使命を果たします！」

奴らの両手の中に渦巻く魔力の渦を見た瞬間、俺は眠るファウラを庇うように、彼女とラステルとの間に体を滑り込ませる。

「嵐魔法《ブレシングウインドストーム》っ！！！」

「魔力結界《マジックバリア》ぁぁっ」

全てのエルフが魔法を発動し、四方八方から風魔法が同時に放たれた。

俺は残る魔力を全て注ぎ込み魔力結界《マジックバリア》を展開する。

同時にレントレットとリッシュも動く。

レントレットは地面に横たわるファウラを抱きかかえると、俺の魔力結界《マジックバリア》が一番強固な力を発揮する中心部へ移動させる。

続いてリッシュが、その外側に土魔法で防御壁を作り上げた。

「土壁魔法《ブレシングアースウォール》じゃ」

俺たちを中心に、まるで全てを破壊するような暴風が広場に吹き荒れる。

直撃すれば、猛烈な風の渦に巻き込まれ、体中が切り刻まれる嵐魔法《ブレシングウインドストーム》が土壁を抉る。

広場中のエルフたちが放った魔法の力はいかほどのものだったろう。

土魔法を得意とするリッシュが作り上げた堅固な防壁が、徐々に崩されていく。

だがその威力は確実に減衰され、よしんば壁を突破したとしても、俺の残り少ない魔力で作り上げた魔力結界《マジックバリア》すら突破することは出来ないだろう。

「――終わったのか？」

無限に続くかと思ったエルフの一斉攻撃は、その実数分もなかった。

荒れ狂う暴風が力を失って雲散霧消《うんさんむしょう》したあとに残されたのは、魔力結界《マジックバリア》の周囲に残された防壁の残骸と、抉り取られた地面。更には広場中で倒れ伏したまま動かない無数のエルフたち。

そして――

「あーっはっはっはっ……我らエルフの総力をもってしても、小娘一人殺せないとは」

片手で顔を押さえ、泣き笑いのような声を上げ続けるラステルだけだった。

その笑い声は、魔力をほとんど使い果たし、魔力切れ寸前の俺の頭にやけに響いた。

「あいつには俺がとどめを刺します。手を出さないでください」

心配そうに俺を見つめる二人の師匠にそう告げると、ふらつく足を前に進める。

ニッカ、グラッサ。そしてチェキ。

俺は三人を守ると約束をした。

だというのにその約束を守れず、三人は攫われてしまった。

目の前で狂気に呑み込まれたように笑うこの男の手によって、ファウラまで巻き込んでしまったのだ。

だから俺は、俺の手でケジメを付けなければならない。

一歩、また一歩と足を進める。

そして頭に響く笑い声を上げ続けるラステルの前で、俺は体を捻って右腕を大きく後ろに引き絞る。

「うわああああああああああああっ」

そして腹の底から、最後の力を振り絞り、叫び声を上げてラステルの顔面を拳で思いっきり殴りつけた。

奴の顔の骨が砕ける感触と共に、拳から嫌な音が腕の骨を伝わってくる。

遅れて襲いかかる激痛。

だが力を緩めはしない。

俺はそのままラステルを地面に叩き付けるように、体重をかけて拳を振り下ろす。

「げぼがぁふっ」

不思議な声を上げながらラステルは地面を転がっていき、そのまま動かなくなった。

奴がまだ生きているのか、それとも死んだのかはわからない。

だが確実に言えることは、もう奴にファウラを殺す力は残っていないということだけだ。

「ふぅ……」

俺は拳から伝わる激しい痛みで意識を繋ぎながら、その場に座り込んだ。

正直なところ、魔力結界《マジックバリア》で魔力を使い果たした俺は、あのときに既に気を失っていてもおかしくはなかった。

しかしラステルの笑い声と正気を失った顔を見たとき、そのまま倒れるわけにはいかないと最後の力が怒りと共に湧《わ》き上がってきたのである。

だがそれももう尽きそうだ。

俺はゆっくりと右腕を庇いながら地面に横たわる。

「トーアさん！」

「トーアーっ！」

「トーアっ」

遠くからニッカたちの俺を呼ぶ声が聞こえるが、もう頭を動かすことすらおっくうだ。

今、目に映っているのは青い空と、俺の上に影を落とすエムピピの姿だけで、その姿も段々ぼやけ始めている。

そういえばどうして……

青空を背に立つエムピピの姿を見上げながら、頭に一つの疑問が浮かぶ。

「エムピピ、お前――」

最後に残った僅かな気力が尽き、薄れていく意識の中で俺は呟く。

「さっきはどうしてファウラを守ろうとしなかったんだ？」

その疑問に対する答えを聞くこともなく、俺はそのまま意識を失ったのだった。

◆　◇　◆　◇　◆

無人の操縦室。

いくつものモニターが並ぶその部屋の片隅。

普段は誰も見ることがない小さな画面のモニターの中を、大量の文字が下から上へ流れるように表示されていく。

時間としては数分程度だろうか。

その文字の流れが、とある一文を表示して停止した。

『System rewrite completed.』

それを境に、操縦室に設置されているモニターが一つ一つ、今まで表示されていたものとは別の映像に変わっていった。

やがてそれは一番巨大なメインモニターにまで波及し、僅かばかりの間ブラックアウトしたのちに、一人の人物の姿を映し出した。

腰まで達した美しく長い黒髪の少女。

もしトーアや彼の師匠たちがその姿を見ていたならば、彼女の名を叫んでいたかもしれない。

だが、今この場所には誰もいない。

少女は辺りを見回すようにしばし目線を彷徨《さまよ》わせると、何かを語りかけるように口を動かす。

無人の操縦室に彼女の言葉を理解する者はいない。もしかするとただの独り言だったのかもしれない。

やがて彼女は満足げな表情を浮かべると、モニターの電源が落ちると共にその姿を消したのだった。

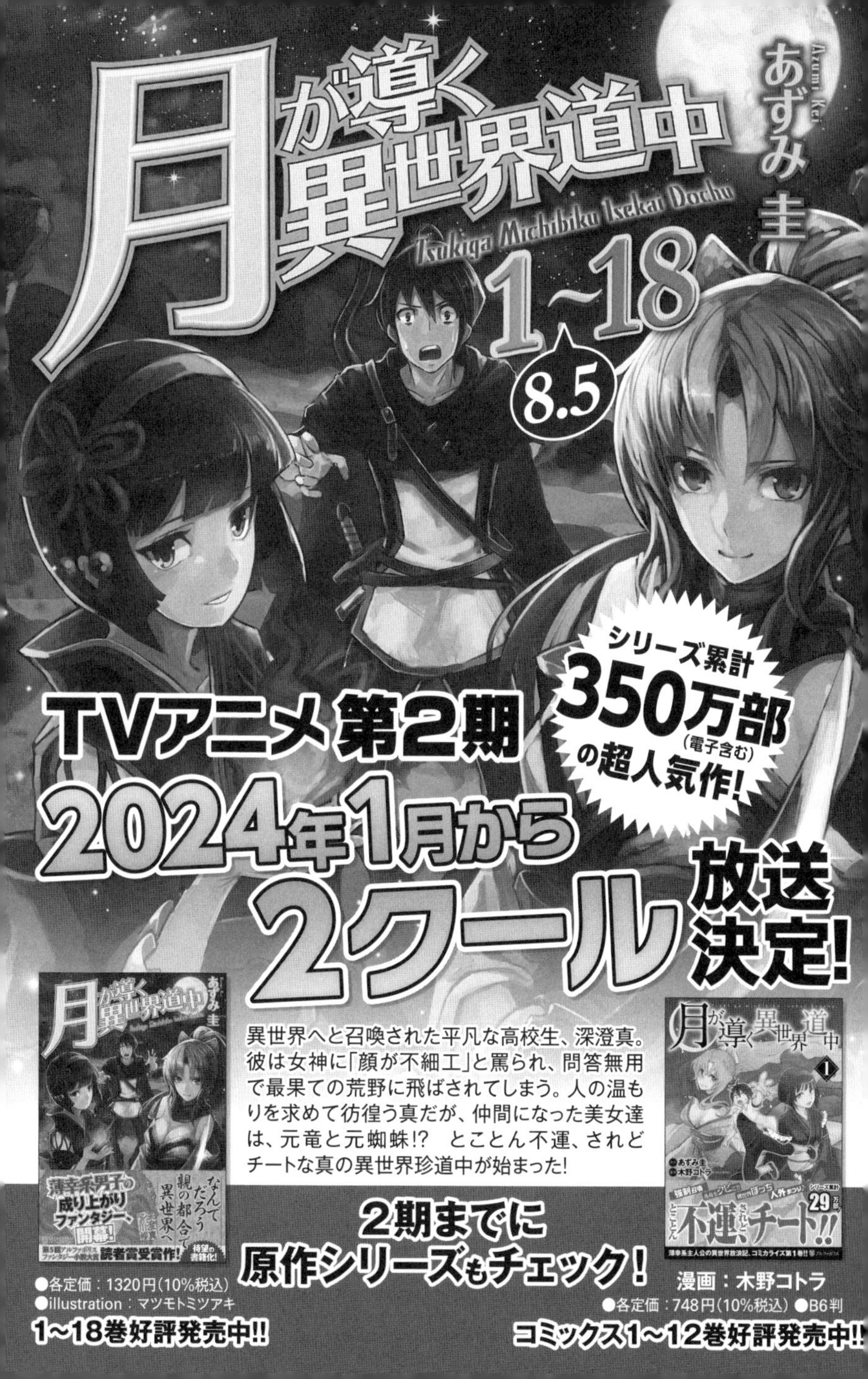
月が導く異世界道中
Tsukiga Michibiku Isekai Dochu
あずみ圭
Azumi Kei
1~18
8.5
シリーズ累計
350万部
(電子含む)
の超人気作!
TVアニメ 第2期
2024年1月から
2クール
放送決定!
薄幸系男子の成り上がりファンタジー、開幕!
なんでだろう 親の都合で 異世界へ
待望の書籍化!
異世界へと召喚された平凡な高校生、深澄真。彼は女神に「顔が不細工」と罵られ、問答無用で最果ての荒野に飛ばされてしまう。人の温もりを求めて彷徨う真だが、仲間になった美女達は、元竜と元蜘蛛!? とことん不運、されどチートな真の異世界珍道中が始まった!
とことん不運、されどチート!!
2期までに
原作シリーズもチェック!
●各定価：1320円(10%税込)
●illustration：マツモトミツアキ
1~18巻好評発売中!!
漫画：木野コトラ
●各定価：748円(10%税込) ●B6判
コミックス1~12巻好評発売中!!

Re:Monster
リ・モンスター
1〜9・外伝
8.5
暗黒大陸編1〜3
金斬児狐
Kanekiru Kogitsune
シリーズ累計
150万部
(電子含む)
突破!
TVアニメ化
決定!!
ネットで話題沸騰!
怪物転生
ファンタジー
最弱ゴブリンの下克上物語 大好評発売中!
【小説】1〜9巻／外伝／8・5巻
◉各定価：1320円（10%税込）
◉illustration：ヤマーダ
新章
【小説】1〜3巻（以下続刊）
◉各定価：1320円（10%税込）
◉illustration：NAJI柳田
コミカライズも大好評!
【漫画】1〜10巻（以下続刊）
◉各定価：748円（10%税込）
◉漫画：小早川ハルヨシ

スキル
調味料は
意外と使える
Skill CHOMIRYO ha igai to tsukaeru
著
Toroneko
トロ猫

スキル
調味料は
意外と使える
著
トロ猫
うまいだけじゃない！ 調味料（物理）は
異世界でも
意外と使える!?
胡椒で目潰し！
カツオ節で殴る！
マヨネーズで殺害？

工芸職人《クラフトマン》はセカンドライフを謳歌する
1・2
鈴木竜一
Ryuuichi Suzuki
ブラック商会をクビになったので
DIYに 旅行に 畑いじり!?
好きなことだけで生きていく
前世の日本でも、現世の異世界でも、超ブラックな環境で働かされていた転生者ウィルム。ある日、理不尽に仕事をクビにされた彼は、好きなことだけしかしないセカンドライフを送ろうと決めた。簡素な山小屋を住み、好きなモノ作りをし、気分次第で好きなところへ赴いて、畑いじりをする。そんな最高の暮らしをするはずだったが……大貴族、Sランク冒険者、伝説的な鍛冶師といったウィルムを慕う顧客たちが彼のもとに押し寄せ、やがて国さえ巻き込む大騒動に拡大してしまう……!?
天才工芸職人の のんびり プチ隠居ライフ、開幕!
●各定価：1320円（10%税込）
●Illustration：ゆーにっと

異世界に射出された俺、『大地の力』で快適森暮らし始めます！
1・2
著 らもえ
『大地の力』で何でもサクサク創造しちゃいます！
理不尽に飛ばされた異世界で……
愉快な人外たちと
DIYライフ《悠々自適な》!!
神を自称する男に異世界へ射出された俺、杉浦耕平。もらったスキルは『異言語理解』と『簡易鑑定』だけ。だが、そんな状況を見かねたお地蔵様から、『大地の力』というレアスキルを追加で授かることに。木や石から快適なマイホームを作ったり、強力なゴーレムを作って仲間にしたりと異世界でのサバイバルは思っていたより順調!?　次第に増えていく愉快な人外たちと一緒に、俺は森で異世界ライフを謳歌するぞ！
◎各定価：1320円（10％税込）　◎illustration：コダケ
異世界に射出された俺、『大地の力』で快適森暮らし始めます！
著 らもえ 2
ドワーフからの緊急SOSに応えて地底遺跡の最奥へ——!?
『大地の力』で聖なる巨大炉復活大作戦!!

アルファポリスで作家生活!

「投稿インセンティブ」で報酬をゲット!

「投稿インセンティブ」とは、あなたのオリジナル小説・漫画を
アルファポリスに投稿して報酬を得られる制度です。
投稿作品の人気度などに応じて得られる「スコア」が一定以上貯まれば、
インセンティブ=報酬(各種商品ギフトコードや現金)がゲットできます!

さらに、人気が出ればアルファポリスで出版デビューも!

あなたがエントリーした投稿作品や登録作品の人気が集まれば、
出版デビューのチャンスも!　毎月開催されるWebコンテンツ大賞に
応募したり、一定ポイントを集めて出版申請したりなど、
さまざまな企画を利用して、是非書籍化にチャレンジしてください!

まずはアクセス!　アルファポリス　検索

― アルファポリスからデビューした作家たち ―

ファンタジー

『ゲート』
柳内たくみ

『月が導く異世界道中』
あずみ圭

「最後にひとつだけお願いしてもよろしいでしょうか」
鳳ナナ

恋愛

『君が好きだから』
井上美珠

ホラー・ミステリー

『THE QUIZ』
『THE CHAT』
椙本孝思

一般文芸

『居酒屋ぼったくり』
秋川滝美

歴史・時代

『谷中の用心棒
萩尾大楽』
筑前助広

児童書

『虹色ほたる』
『からくり夢時計』
川口雅幸

えほん

『メロンパンツ』
しぶやこうき

ビジネス

『端楽(はたらく)』
大來尚順

この作品に対する皆様のご意見・ご感想をお待ちしております。

おハガキ・お手紙は以下の宛先にお送りください。

【宛先】

〒150-6008 東京都渋谷区恵比寿 4-20-3 恵比寿ｶﾞｰﾃﾞﾝﾌﾟﾚｲｽﾀﾜｰ 8F
（株）アルファポリス　書籍感想係

メールフォームでのご意見・ご感想は右のＱＲコードから、
あるいは以下のワードで検索をかけてください。

アルファポリス　書籍の感想　検索

ご感想はこちらから

本書は Web サイト「アルファポリス」（https://www.alphapolis.co.jp/）に投稿されたものを、改題、改稿、加筆のうえ、書籍化したものです。

放逐《ほうちく》された転生《てんせい》貴族《きぞく》は、自由《じゆう》にやらせてもらいます３

長尾隆生（ながおたかお）

2023年 11月 30日初版発行

編集－村上達哉・芦田尚
編集長－太田鉄平
発行者－梶本雄介
発行所－株式会社アルファポリス
〒150-6008 東京都渋谷区恵比寿4-20-3 恵比寿ｶﾞｰﾃﾞﾝﾌﾟﾚｲｽﾀﾜｰ8F
TEL 03-6277-1601（営業） 03-6277-1602（編集）
URL https://www.alphapolis.co.jp/
発売元－株式会社星雲社（共同出版社・流通責任出版社）
〒112-0005 東京都文京区水道1-3-30
TEL 03-3868-3275
装丁・本文イラスト－ﾖﾖｷﾞ（https://yo2gi.tumblr.com/）
装丁デザイン－AFTERGLOW
印刷－図書印刷株式会社

価格はカバーに表示されてあります。

落丁乱丁の場合はアルファポリスまでご連絡ください。

送料は小社負担でお取り替えします。


ISBN978-4-434-32946-3 C0093